काव्य

भस्मांकुर

भस्मांकुर

नागार्जुन

राजकमल प्रकाशन

ISBN : 978-81-267-0516-0

मूल्य : ₹495

पहला संस्करण : 1971
पन्द्रहवाँ संस्करण : 2024

प्रकाशक : राजकमल प्रकाशन प्रा. लि.
1-बी, नेताजी सुभाष मार्ग, दरियागंज
नई दिल्ली-110 002
शाखाएँ : अशोक राजपथ, साइंस कॉलेज के सामने, पटना-800 006
पहली मंजिल, दरबारी बिल्डिंग, महात्मा गांधी मार्ग, प्रयागराज-211 001
1, अनमोल सोराबजी सन्तुक लेन, धोबी तलाव, मरीन लाइंस, मुम्बई-400 002
वेबसाइट : www.rajkamalprakashan.com
ई-मेल : info@rajkamalprakashan.com

मुद्रक : बी.के. ऑफसेट
नवीन शाहदरा, दिल्ली-110 032

BHASMANKUR
Poems by Nagarjun

भस्मांकुर

भूमिका

दक्ष प्रजापति की कन्या देवाधिदेव शिव की पहली पत्नी थी। यज्ञ में अपने पति को अनामंत्रित पाकर क्षुब्ध हुई तो पिता से कैफियत तलब करने पहुँच गई। दक्ष ने शिव के प्रति (अपने जामाता के प्रति) अपमान-भरे उद्गार प्रकट किए तो शिवानी का धीरज छूट गया और वहीं हवन-कुंड में कूद पड़ी...

यह पौराणिक आख्यान प्रसिद्ध है और लंबा चलता है...

फिर चिर-काल तक शंकर पत्नी-विहीन रहे। सभी ओर से विरक्त होकर उन्होंने कैलास-शिखर पर ध्यान-योग की सुदीर्घ प्रक्रिया अपना ली...

लगता है, बीच में कई कल्प गुजर गए होंगे। फिर एक ऐसा कालखंड आ गया कि महाबली राक्षस तारक सुर-समाज को परेशान करने लगा...

तारकासुर के सामने सुर-समाज टिक नहीं पाता। देवगण विष्णु को आगे करके चतुरानन ब्रह्मा से प्रार्थना करने पहुँचते हैं!

ब्रह्मा उनसे कहते हैं—"शिव यदि हिमालय की पुत्री उमा से विवाह कर लें तो उस दम्पती से ऐसे शिशु का जन्म होगा जो महाबली दानवेश्वर को हरा सकेगा..."

नगाधिराज हिमालय की पत्नी थी मेना। पार्वती इन दोनों की लाडली बेटी थी। बड़ी होने पर जब वह तप करने के लिए निकली तो माता मेना ने उससे कहा—"उ, मा!" यानी तपस्या के लिए घर छोड़ते समय मना किया था 'अरे, नहीं-नहीं।' तभी से 'उमा' नाम पड़ गया पार्वती का! (यह रोचक व्युत्पत्ति कालिदास द्वारा उद्भासित हुई थी...)

उमा की सुन्दरता अपूर्व थी। मानो विधाता ने एक ही नारी-शरीर में समूची विशेषताएँ देखने की लालसा से उसका निर्माण किया था!

एक बार नारद मुनि ने हिमालय के समक्ष भविष्य-कथन किया—"आपकी यह कन्या शिव का वरण करेगी..."

वस्तुत: पिता की भी यही इच्छा थी किन्तु शिव से रू-ब-रू इस प्रकार की चर्चा करने में संकोच होता था। क्या पता, महादेव इनकार ही कर दें!

उन्हीं दिनों समग्र हिमांचल में यह खबर फैल गई कि जटाजूटधारी चन्द्रमौलि गंगाधर शिव कैलास-शिखर पर तपस्या कर रहे हैं। पार्वती अपनी सखियों के साथ जाए और शिव की सेवा करे—इसमें हिमालय की भी अनुमति थी और खुद शंकर को भी इसमें किसी प्रकार की आपत्ति नहीं थी। कालिदास की लेखनी से यहाँ सहज ही एक अनूठा पद निकल आया है—

विकारहेतौ सति विक्रयन्ते
येषां न चेतांसि स एव धीरा:।

(विकार का कारण मौजूद रहने पर भी जिनकी चित्तवृत्तियाँ दूषित नहीं होतीं, सच्चे धीर पुरुष तो वही होते हैं...)

ब्रह्मा ने उपाय बतला तो दिया, लेकिन उस उपाय को कारगर बनाने के लिए सुर-समाज के प्रमुखों को बहुत सोचना पड़ा। देवसभा (सुधर्मा) की आपातकालिक बैठक हुई। यह कोई कम टेढ़ा सवाल

नहीं था कि समाधि में निमग्न रहनेवाले शिव-शंकर के चित्त को पार्वती की ओर किस तरह मोड़ा जाए।

देवलोक के राजाधिराज शचीपति इन्द्र की हजारों आँखें एक साथ जिस एक व्यक्ति पर पड़ीं, सुर-संसद के बाकी सभी सदस्यों ने उसकी तरफ विस्मयपूर्वक देखा : वह था रतिपति कन्दर्प-कुमार (कामदेव)...

सन्देश पाकर वह इन्द्र के बिलकुल करीब आकर बैठा।

तब विनम्र भाव से मीठी परन्तु दृढ़ वाणी में कामदेव ने इन्द्र से पूछा—"प्रभु, वह कौन-सा काम है जिसके लिए आपने मुझे याद किया है? आप बतला तो दो उसका नाम! वह कौन है जिसने आपको परेशान कर रखा है? क्या वह कोई नारी है जो आपके हृदय को मथित कर रही है, मगर पास नहीं आ रही है? पुरुष हो चाहे स्त्री, जो भी आपकी अशान्ति का कारण बना हो या बनी हो, आप उसका नाम-भर बतला दो मुझे! फिर देखिए कि कैसे मैं उसे आपकी शरण में ले आता हूँ! आपकी आज्ञा हो तो मैं ध्यानमग्न शिव के भी छक्के छुड़ा दूँ..."

यह सुनकर देवराज इन्द्र का मनोबल वापस लौटा। उसने कामदेव के कंधे पर हाथ रखकर कहा—"मित्र, तुम सब कुछ कर सकते हो! वज्र की तरह तुम भी मेरा हथियार हो...वज्र वह काम नहीं कर सकता जो काम तुम करते हो। तपोबल के मुकाबले वज्र सदा कुंठित हो जाता है, लेकिन तुम तो सदा से अचूक रहे हो!...बस, अब तुम्हें करना यही है कि कैलास-शिखर पर ध्यानमग्न शिव के मन को हिमाद्रिनन्दिनी गौरी के प्रति आकर्षित कर दो...यह काम बड़ा ही जरूरी काम है। सारे सुर-समाज का संकट दूर करने का और कोई रास्ता नहीं बन्धु! गिरिजा के प्रति आकर्षण पैदा होगा तो शिव उससे विवाह-सूत्र में आबद्ध होंगे। विवाह होगा तो पार्वती माँ बनेगी और हमें एक सफल सेनापति मिलेगा...शिव को उमा के प्रति आकर्षित करने के इस काम में तुम अपने चिर-सखा वसन्त से भरपूर सहायता पाओगे

ही। अनुपम सुन्दरी रति तो छाया की भाँति सदैव तुम्हारा अनुगमन करती है...जाओ भाई, जाओ! अब सुर-समाज की सारी आशाओं के एकमात्र केन्द्र-बिन्दु तुम्हीं हो!..."

देवराज ने मदन को भूरि-भूरि आशीष दी। उसकी पीठ पर बार-बार हाथ फेरा। खिले हुए हजार-कमलों का महाविराट् छत्राभ गुच्छा, अर्थात् सहस्रनेत्र इन्द्र मन्मथ की संवर्धना कर रहा था; अपनी हजार-हजार आँखों से नेह-छोह बरसा रहा था।

उसने ठान लिया कि प्राण देकर भी वह सुर-समाज के प्रधान की ओर से सौंपा हुआ यह काम पूरा करेगा।

वह वसन्त को साथ लेकर उधर चल पड़ा, कैलास-शिखर की ओर। बेचारी रति भी शंकित मन से पीछे-पीछे चली...

बस, यहीं से 'भस्मांकुर' का आरम्भ होता है।

वसन्त ने कैलास के उस अंचल में जादू कर दिया है...

समूची अधित्यका हरियाली से ढक गई है...

जमा हुआ बर्फ एकाएक पिघल गया है...

(लेकिन, यह वसन्त भारतवर्ष के मैदानी अंचलों का पूस-माघवाला वह मदालस वसन्त नहीं...हिमालय की ऊपरी अधित्यकाओं वाले अंचलों का अपना वसन्त है यह!

(उनका यह वसन्त वैशाख और जेठ के महीने में अपनी गरिमा के साथ, पूरे उभार में होता है। बर्फीली चोटियाँ फिर भी सुफैद ही रहती हैं। झरने मुखर हो उठते हैं। नदियों के ढलवाँ कगारों पर खेती-लायक पट्टियाँ निकल आती हैं।

(और, 'भस्मांकुर' का संक्षिप्त वसन्त तो यों भी 'कृत्रिम वसन्त' है, उसे 'माया कानन' कहा गया है...)

किशोरी पार्वती ने सखियों से अपने स्वप्नों की चर्चा की है।

अनिष्ट की आशंका से किस प्रकार रति बीच-बीच में खिन्न हो उठती है! अपनी खिन्नता को मदन से छिपाने की कोशिशों में सफल नहीं होती बेचारी...

गिरिजा का सौन्दर्य देखकर कामदेव आश्वस्त होता है—शंकर अवश्य इसकी ओर आकर्षित होंगे...

और सच...हाँ, सचमुच शिव का ध्यान शिथिल पड़ जाता है।

यों, बीच-बीच में खंड ध्यान लगते रहते हैं...प्रभु बीच-बीच में, परिचर्यार्थ आई हुई पार्वती की प्रणतियाँ स्वीकार करते हैं। अपनी दो सखियों (जया-विजया) के साथ वह सेवा के छोटे-मोटे काम मनोयोगपूर्वक निबटाती आई है...आकस्मिक वसन्त-विस्फोट के इस अपूर्व अवसर पर आज पार्वती रक्तांशुक (लाल रेशमी परिधान) और फूल के आभूषण धारण करके आ गई है!

योगेश्वर शिव ने प्रीति-स्निग्ध नेत्रों से पार्वती की ओर देखा है...

सारा परिवेश हुलसित है...

प्रभु के बदन से लिपटे हुए बड़े-छोटे नाग तक उमंग में आकर अलग हट गए हैं, इधर-उधर टहल-बूल रहे हैं!

इस आकस्मिक उमंग का असर समूची प्रकृति में परिलक्षित होता है...वातावरण में अजीब-सी थिरकन घुली हुई है!

प्रभु पार्वती के प्रति आज निरपेक्ष वत्सलता नहीं, सापेक्ष अनुरक्ति महसूस कर रहे हैं...

कि, एकाएक, शिव को अपने अन्तस् की तह तिल-भर विह्वलता अपने-आप स्पष्ट तौर पर भासित हो उठी!

अपने चित्त-विक्षेप का कारण जानने के लिए उन्होंने इधर-उधर दृष्टि फेरी...

कि लताकुंज की ओट में उन्हें मदन दिखाई पड़ गया...वह उन्हीं की तरफ अपने 'पुष्पवाण' का निशाना साधकर धनुर्धर की मुद्रा में खड़ा था!

बस, फिर क्या था...रुद्र का कोपानल भड़का तो अगले ही क्षण कामदेव 'भस्म की ढेर' बन चुका था।

फिर पल-भर में सारे दृश्य पलट जाते हैं...

शिव, अपने गण के साथ, जाने किस तरह पल-भर के अन्दर ही अदृश्य हो गए हैं!

जाने कितनी देर बाद रति की मूर्च्छा टूटती है!...होश आने के बाद बेचारी का विलाप शुरू होता है...

मित्र वसन्त का कहीं पता नहीं है!

रति रो-रोकर उसे पुकारती है..."मैं आत्मदाह करूँगी, मुझे आग नहीं ला दोगे कहीं से? वसन्त, तुम खुद भी जलकर खाक हो गए हो क्या? उस परम क्रोधी महारुद्र ने जरूर ही तुम्हारे भी प्राण ले लिये हैं..."

बीच में ही बन्धु वसन्त सामने आ जाता है...लुटा-पिटा-सा, शोक-शुष्क, गूँगा। बेचारा खड़ा-खड़ा रति का रोना सुनता रहता है...

इतने में जोरों का उद्घोष होता है...

आकाशवाणी...अप्रत्यक्ष बोल सुनाई पड़ते हैं—"अरी बावरी, तेरा पति मरा नहीं है! वह कभी मर ही नहीं सकता...कोई आग कामदेव के शरीर को भस्म नहीं कर पाएगी कभी। भस्म हो भी जाए तो अपने-आप अंकुर बनकर उसी भस्म-राशि से फूट पड़ेगा बार-बार...वह सृष्टि की कामना का अक्षय केन्द्र है।

"तू नाहक आत्महत्या क्यों करेगी भला?...

"तेरा सुहाग कभी नहीं लुट सकता!...

"वसन्त, तू इसे भली-भाँति समझा तो दे...

"अभी निकट भविष्य में शिव-पार्वती परिणय-सूत्र में आबद्ध होंगे। तब देख लेना, स्वयं शिव ही मदन को सादर आमंत्रित करेंगे..."

आश्वासन की यह अमृत वाणी वहाँ समूचे माहौल में गूँज गई...

रति और वसन्त दोनों के प्राण मानो वापस आ गए। खुशी के मारे दोनों एक-दूसरे से लिपटे रहे कुछ क्षणों तक।

फिर, जरा-सी देर बाद वे दोनों भी वहाँ नहीं थे! थीं वे ही तुषाराच्छन्न अधित्यकाएँ...दूर-दूर तक रजताभ श्रृंग-कूट चमक रहे थे।

मदन का भस्ममय शरीर बर्फ की कनियों के अम्बार के अन्दर दब गया था...

वसन्त के आकस्मिक आविर्भाव से लेकर कामदेव के भस्म होने तक और बादवाली आश्वासन की आकाशवाणी तक, अति संक्षिप्त कथा-वस्तु ही 'भस्मांकुर' का मूल आधार बनी है।

मदन, वसन्त और रति...तीनों ही समान रूप से मुखर प्रतीत होंगे इस काव्य में। आज के अति-सामाजिक वाचक-समुदाय को इनकी मुखरता नहीं अखरेगी।

कथन-प्रतिकथन के सिलसिले में भाषा स्वत: सरल-अतिसरल हो गई है। उन स्थलों पर, बोलचाल के उन लहजों में, फिर से जान-बूझकर कृत्रिमता नहीं भरी गई...यों, वर्णन-क्रम में, संस्कृतगर्भित चुस्त वाक्यों की छटा यत्र-तत्र देखने को मिलेगी ही।

आदि से अन्त तक इसमें एक ही छन्द रखा गया है—'बरवै'...यह पुरानी हिन्दी के हमारे पूर्वज कवि-गुरुओं का बड़ा ही प्यारा (मनचीता) छन्द रहा है।

रहीम के कुछ पद 'बरवै' छन्द में बड़े प्रसिद्ध हैं।

तुलसीदास की 'बरवै रामायण' आज भी अयोध्या—और जनकपुर में बहुतेरे भक्तों को कंठस्थ है...

हमने 24 वर्ष पहले एक लंबी रचना में इस छन्द का प्रयोग किया...वह रचना ('पाषाणी') पहली बार जब प्रतीक (त्रैमासिक : इलाहाबाद : 1947) में प्रकाशित हुई, उसे कवि-मित्रों ने बेहद पसन्द किया था।

आज हमारी वह पुरानी अभिलाषा पूर्ण हुई कि 'बरवै' छन्द में एक समग्र 'लघु काव्य' पूर्ण हुआ। 'काम-दहन' वाली कथा-वस्तु को काव्य का रूप देने का संकल्प नया नहीं था। पिछले सात-आठ वर्षों से यह कथानक अपने मन-मस्तिष्क के अन्दर एतदर्थ पकता-उबलता रहा है!

—नागार्जुन

‘भस्मांकुर’ का कवि : एक परिचय

जन्म : बिहार प्रदेशान्तर्गत दरभंगा जिले के तरउनी नामक ग्राम में एक रूढ़िवादी मैथिल ब्राह्मण के घर, सन् 1911 में। वास्तविक नाम वैद्यनाथ मिश्र। चार वर्ष की आयु में ही मातृ-वियोग, एकमात्र पिता का संरक्षण; और पिता—अत्यन्त रूढ़िवादी, दरिद्र, संस्कारहीन और कठोर।

व्यक्तित्व

सादगी, सरलता और खुलापन नागार्जुन के व्यक्तित्व की मूलभूत विशेषताएँ हैं। जीवन के कठोर संघर्षों में तपकर उनका व्यक्तित्व कुन्दन की भाँति निखरा है। दुख और किसी को माँजता हो या न माँजता हो नागार्जुन के व्यक्तित्व को उसने पूरी तरह माँजकर चमकाया है। ऐसा न होता तो सचमुच चोटी और तिलक धारण करनेवाला यह मैथिल ब्राह्मण कहीं वैदिक कर्मकांड सम्पादित करवा रहा होता, मैथिली और हिन्दी भाषा के शीर्षस्थ रचनाकारों के बीच न बैठा होता। नागार्जुन के व्यक्तित्व को निखारने में उनके व्यक्तिगत जीवन के कटु संघर्षों के अलावा उस प्रगतिशील और वैज्ञानिक विचार-दर्शन का योग भी है, जिसकी प्रारम्भिक दीक्षा उन्हें स्वामी सहजानन्द से मिली, और जिसने उनके जीवन के निर्णायक और नाजुक मोड़ पर उनकी आस्था को नया संबल, उनके संकल्प को नई दीप्ति और उनकी जिजीविषा को नई तेजस्विता प्रदान की। एक भरे-पूरे परिवार के बोझ को भी महज मसिजीवी लेखक बनकर सँभालना, और अपने रचनाकार को भी जीवित रख पाना, आसान बात नहीं है। बिरले प्रेमचन्द ही ऐसा कर पाते हैं, और नागार्जुन ने भी ऐसा किया है।

परिवार के बोझ को उन्होंने उठाया ही नहीं है, आत्म-सम्मानी और स्वाभिमानी रचनाकार बने रहते हुए उठाया है। वे एक समर्थ रचनाकार ही नहीं, वत्सल पिता, परिवार के ज़िम्मेदार पालक, स्वजनों और मित्रों के सच्चे आत्मीय भी हैं। उनका परिवार भी उनके अपने औरस पुत्र-पुत्रियों तक ही सीमित नहीं, उन मानस-पुत्रों तक विस्तृत है, जिन्हें उन्होंने अपनी कृतियों में जन्म दिया है। उसका अभिन्न अंग वे लोग, वे घर और वे परिवार भी हैं, अपने साठ वर्षीय जीवन में जिनके सम्पर्क में वे आए हैं। प्यार से लोग उन्हें 'बाबा' कहते हैं, और नागा बाबा की यह सरलता, सादगी तथा निश्छल आत्मीयता ही है, जो उन्हें—वे कहीं भी हों, इन लोगों, इन घरों और इन परिवारों से जोड़े रहती है। हजारों पुत्रियों और परिवारों के मुखिया नागा बाबा, सबसे जुड़े हुए, सब पर अपना नेह-छोह बरसाते रहते हैं। इस विशाल दायित्व का निर्वाह करते हुए उन्होंने बहुत कुछ पाया और बहुत कुछ लुटाया भी है।

सरलता, सादगी और सौम्यता के साथ-साथ उनके व्यक्तित्व में वज्र-कठोर दृढ़ता भी है, अन्यथा जीवन की कठोर वास्तविकताओं से टकराकर वह कब का चूर-चूर हो चुका होता। जीवन की कंटकाकीर्ण पगडंडियों पर साहसपूर्वक विचरण करते हुए वे अपने व्यक्तित्व और रचनाकार, दोनों को, शान के साथ जीवित रख सके हैं। मेधावी, प्रत्युत्पन्नमति और सहजस्फूर्त प्रतिभा के धनी, उनकी एक-एक बात उनके अन्तर की कोमलता और वज्र-कठोर दृढ़ता के साथ-साथ उनकी अद्‌भुत पैनी बुद्धि का प्रमाण देती है। विद्रोह उनके स्वभाव और चरित्र में मूर्तिमान है। यह विद्रोह उस परिवेश की देन है, जिसके बीच उन्होंने जीवन जिया है, परन्तु अपने अन्तर की इस विद्रोह-वृत्ति को उन्होंने सदैव रचनात्मक दिशाओं की ओर सक्रिय किया है। हँसमुख इतने कि उनके जीवन-संघर्षों से अपरिचित व्यक्ति शायद ही यह जान पाए कि जीवन का विष पीने और पचाने के बाद यह हँसी उन्हें सौगात के रूप में मिली है। शिशुओं की-सी सरलता और दहकते हुए अंगारों का-सा ताप, उनके व्यक्तित्व के ये दो विरोधी छोर हैं, परन्तु उन्होंने अपने व्यक्तित्व में उन्हें इस प्रकार अन्तर्भूत कर लिया है कि एक की संगति में ही दूसरा अपनी सार्थकता प्राप्त करता है।

कवि के रूप में अत्यन्त भावप्रवण, साथ ही अधुनिक, व्यक्ति के रूप में अत्यन्त उदार, स्नेहिल और आत्मीय, पांडित्य की गरिमा से ओत-प्रोत सतत-यायावर, अनुभवों की राशि-राशि अपने मानस में सँजोए पं. वैद्यनाथ

मिश्र उर्फ यात्री उर्फ नागार्जुन के बहुरंगी व्यक्तित्व को चन्द पंक्तियों में नहीं समेटा जा सकता।

कृतित्व

संस्कृत, मैथिली और हिन्दी—इन तीन-तीन अत्यन्त सम्पन्न काव्य-परम्पराओं के उन्नत संस्कारों का पुंजीभूत रूप है नागार्जुन का कृतित्व। वे मैथिली और हिन्दी भाषा के तो सुपरिचित रचनाकार हैं ही, देव-भाषा में भी उन्होंने काव्य-रचना की है। 'धर्मालोक-शतकम्' सिंहली लिपि में प्रकाशित, उनके द्वारा रचित, संस्कृत का लघु काव्य है। इसके अतिरिक्त 'देश-दशकम्', 'कृषक-दशकम्', 'श्रमिक-दशकम्' शीर्षक संस्कृत लघु-काव्य भी उन्होंने रचे हैं। 'देश-दशकम्' के श्लोक मैंने स्वयं कवि-मुख से सुने हैं, और यह अतिशयोक्ति न मानी जाए, यदि मैं कहूँ, कि उन्हें सुनकर सहज ही कालिदास के 'अपूर्व मेघ' की याद ताजा हो सकती है। 'चित्रा' और 'विशाखा' उनकी मैथिली भाषा में रचित काव्य-कृतियाँ हैं। 'पत्र-हीन नग्न गाछ' शीर्षक उनके मैथिली भाषा के हाल में प्रकाशित काव्य-संकलन पर, 'साहित्य अकादेमी' का पुरस्कार भी उन्हें मिल चुका है। 'पारो', 'नवतुरिया' और 'बलचनमा' उनके द्वारा रचित मैथिली के उपन्यास हैं। कहने की आवश्यकता नहीं कि यात्री मैथिली भाषा के शीर्षस्थ रचनाकारों में अपना स्थान रखते हैं।

हिन्दी साहित्य में नागार्जुन कवि और कथाकार, दोनों रूपों में, विख्यात हैं—'को बड़ छोट कहत अपराधू'। उनके उपन्यासों और उनकी कविताओं की ख्याति राष्ट्रीय सीमाओं को लाँघकर अन्तर्राष्ट्रीय जगत् तक पहुँची है। विदेश की भाषाओं में न केवल उनकी अनेक कविताएँ अनूदित हुई हैं, उनके कुछ उपन्यासों के अनुवाद भी हुए हैं। 'रतिनाथ की चाची', 'बलचनमा', 'नई पौध', 'बाबा बटेसरनाथ', 'वरुण के बेटे', 'दुख-मोचन', 'कुम्भीपाक', 'उग्रतारा' उनके प्रसिद्ध हिन्दी उपन्यास हैं। नागार्जुन को समीक्षक आंचलिक उपन्यासकार के रूप में सम्बोधित करते हैं, परन्तु 'रतिनाथ की चाची' और 'बलचनमा' जैसे उनके श्रेष्ठ उपन्यास उस समय प्रकाशित हो चुके थे, जब आंचलिक उपन्यासों का नाम तक लोग हिन्दी में न जानते थे। नागार्जुन का कथा-साहित्य बहुत सम्पन्न है। विस्तार में न जाकर यहाँ हम इतना ही कहना चाहेंगे कि लोक जीवन की

भूमिका में पनपे सामाजिक यथार्थ के जीवन्त चित्रों तथा धारदार कथ्य के बीच से उभरनेवाले बलचनमा, रतिनाथ की चाची तथा उग्रतारा जैसे अविस्मरणीय चरित्रों की सृष्टि के लिए, हिन्दी कथा-साहित्य उनका सदैव ऋणी रहेगा।

'युगधारा', 'सतरंगे पंखोंवाली', 'प्यासी पथराई आँखें', और अब 'भस्मांकुर' नागार्जुन की प्रमुख काव्य-कृतियाँ हैं। इनके अतिरिक्त 'शपथ', 'प्रेत का बयान', 'खून और शोले' तथा 'चना जोर गरम' जैसी लघु काव्य-पुस्तिकाएँ भी हैं, जो उक्त कविता-संकलनों के आगे-पीछे प्रकाशित हुई हैं। सद्य:प्रकाशित 'भस्मांकुर' तथा 'सतरंगे पंखोंवाली' और 'प्यासी पथराई आँखें' को छोड़कर शेष सब अनुपलब्ध हैं। कई संकलनों की सामग्री का निर्माण करनेवाली कवि की अनेक कविताएँ अभी तक अप्रकाशित भी हैं। बहुत-सी प्रकाशित रचनाएँ संकलनबद्ध नहीं हो सकी हैं, या दुबारा प्रकाश की किरणें नहीं देख पाई हैं। इस स्थिति का सीधा सम्बन्ध आधुनिक परिवेश की उन विसंगतियों से हैं, जिनके फलस्वरूप कविता के पाठक दिन-ब-दिन कम होते जा रहे हैं, और प्रकाशक कविता-पुस्तकें छापने को तैयार नहीं हैं। बस स्थिति से निबटने के हेतु एक समय कवि ने स्वत: प्रकाशन का धंधा शुरू किया था, परन्तु रचना और प्रकाशन—इन दोनों दायित्वों के बोझ को एक साथ सँभाल न सकने के कारण, क्षति उठाते हुए उसे प्रकाशन का धंधा छोड़ देना पड़ा। फिर प्रकाशन में पूँजी भी लगती है—और पूँजी—लक्ष्मी और सरस्वती का शान्तिपूर्ण सहअस्तित्व बहुत से रचनाकारों का सत्य भले हो, नागार्जुन के सन्दर्भ में दोनों विरोधी शिविरों की ही हस्तियाँ हैं। मर्मवेधी व्यंग्यों, कवि के सिंध प्रवास की मार्मिक अनुभूतियों से युक्त कविताओं, 'बादल को घिरते देखा है', 'भिक्षुणी' तथा 'पाषाणी' जैसी संस्कृत काव्य के उन्नत संस्कारों को सूचित करनेवाली रचनाओं एवं धरती, देश तथा जनता के प्रति कवि की अकृत्रिम अनुभूतियों से युक्त 'युगधारा' संकलन का दुबारा प्रकाशित न होना, हिन्दी कविता का दुर्भाग्य ही माना जाएगा।

सन् 1959 में नागार्जुन ने 'सतरंगे पंखोंवाली' शीर्षक कविता-संकलन का स्वत: प्रकाशन किया। इस संकलन की कविताओं ने नागार्जुन के कवि को एक नया और सुदृढ़ आधार प्रदान किया तथा ऐसे तमाम लोगों के मुँह बन्द कर दिए जो नागार्जुन की कविता पर कला और शिल्प की उपेक्षा तथा सपाट-बयानी जैसे सतही आरोप लगाया करते थे। 'सतरंगे पंखोंवाली', 'यह कैसे होगा', 'यह तुम थीं', 'बहुत दिनों के बाद', 'अकाल और उसके बाद', 'कालिदास', 'सिन्दूर-

तिलकित भाल', 'कैसा लगेगा तुम्हें' तथा 'ओ जन-मन के सजग चितेरे' इस संग्रह की वे कविताएँ हैं जो न केवल कवि के प्रशस्त भाव तथा सौन्दर्य-बोध की परिचायक हैं, उसकी सामाजिक चेतना और उसके कवि-कर्म को एक नया आयाम भी देती हैं।

फिर एक अन्तराल, और अन्तत: सामने आया 'प्यासी पथराई आँखें' नामक कविता संकलन। नागार्जुन का कवि-रूप इस कृति में और भी निखरकर सामने आया है। सामाजिक-यथार्थ के जीवन्त चित्रों, 'वे लोहा पीट रहे हैं, तुम मन को पीट रहे हो' एवं 'आओ रानी हम ढोएँगे पालकी, यही हुई है राय जवाहरलाल की' जैसे सशक्त व्यंग्यों एवं 'आए कोई तुमसे सीखे' (निराला की मृत्यु पर कवि की श्रद्धांजलि) तथा 'अबके इस मौसम में कोयल आज बोली है, पहली बार' जैसी अछूती अनुभूति से युक्त कविताओं का यह संकलन नागार्जुन के कृति रचनाकार का जीवित प्रमाण है।

'भस्मांकुर'—राजकमल प्रकाशन प्राइवेट लिमिटेड द्वारा प्रकाशित नागार्जुन का सद्य: प्रकाशित आख्यानक काव्य। पिछले सात-आठ वर्षों से कविमन में पकने-उबलनेवाले कथानक का साकार रूप। कवि का अत्यन्त प्रिय काव्य। कुछ समय पहले कवि ने सूचित किया था—'एक हजार पंक्तियों की अत्यन्त सुन्दर कविता लिखी है। राजकमल वाले छाप रहे हैं। छपने पर भेजूँगा।' सहज उत्सुकता थी मन में, देखकर चित्त प्रसन्न हो गया। आशा के अनुरूप उदात्त और प्रशस्त सौन्दर्य तथा भावबोध से गर्भित। 'भिक्षुणी', 'पाषाणी', 'रत्नगर्भा', 'बादल को घिरते देखा है', जैसी क्लासिकल सौन्दर्य से वेष्टित रचनाओं की स्मृति हरी हो गई। आगे 'भस्मांकुर' पर कुछ विस्तृत चर्चा करने का अवकाश मिलेगा।

जहाँ तक नागार्जुन की लघु काव्य-पुस्तिकाओं का प्रश्न है, अपने कथ्य के खरेपन में वे अद्वितीय हैं। 'शपथ' गांधीजी की हत्या के विरोध में जन्मे कवि के विक्षोभ का जीवित रूप है। इसकी कुछ कविताओं के प्रकाशन पर बिहार सरकार ने पाबन्दी लगा दी थी। 'खून और शोले' में पटना में विद्यार्थियों पर हुए गोलीकांड के विरोध में कवि का आक्रोश पूरी शक्ति के साथ गूंजा है। 'प्रेत का बयान' और 'चना जोर गरम' में व्यंग्यकार नागार्जुन के दर्शन होते हैं। सामयिक जीवन और राजनीति के खलनायक इन कृतियों में नागार्जुन के व्यंग्य का लक्ष्य बने हैं।

नागार्जुन ने इधर गीत भी लिखे हैं। छोटे-छोटे, भीनी गंध वाले, ताजे-टटके गुलाब के फूलों-सदृश गीत। निराला के परवर्ती गीतों को एक नया उत्कर्ष दिया है—'फूले कदम्ब, डाली-डाली में कन्दुक सम झूले कदम्ब' जैसे इन गीतों ने। ये गीत इस बात का प्रमाण हैं कि नागार्जुन की कवि-संवेदना अभी भी खराद पर है, साठ वर्षीय कवि में युवाओं की-सी ताज़गी है।

काश! नागार्जुन का सारा काव्यकृतित्व व्यवस्थित रूप में प्रकाशित होकर सहृदय समाज को उपलब्ध हो सकता! नागार्जुन के कवि का सही मूल्यांकन शायद तभी हो सकेगा।

नागार्जुन का काव्य : कुछ निष्कर्ष

नागार्जुन की कविता की केन्द्रीय विशेषता मानवीय जीवन से उसकी गहन सम्पृक्ति है। उसकी बहुरंगी भाव-राशि का अक्षय स्रोत अत्यन्त भरा-पूरा, यह अनन्त रूपात्मक वस्तु-जगत् ही है, जिसे उसके समूचे वैविध्य, सम्पूर्ण प्रसार एवं समूची सघनता में कवि ने आत्मसात किया है, और अपनी कविता में उसे अभिव्यक्ति दी है।

बहुत दिनों के बाद
अबकी मैंने जी भर भोगे
गन्ध-रूप-रस-शब्द-स्पर्श सब साथ-साथ इस भू पर।

कविता और मानव-जीवन के परस्पर सम्बन्धों को लेकर उठनेवाले सारे विवाद नागार्जुन जैसे रचनाकारों के कृतित्व के सन्दर्भ में इस कारण अर्थहीन हैं कि यहाँ मानवीय जीवन ही अपनी ठोस वस्तुगत सत्ता के साथ कविता के रूप में विद्यमान है। नागार्जुन का काव्य मानवीय और मानवीय अनुभूतियों का काव्य है। मानवीय जीवन के सारे सुख-दुख, आशाएँ-आकांक्षाएँ, सुन्दरता-विरूपता उसमें प्रतिबिम्बित हैं। वह इसीलिए अपनी संवेदनाओं में इतना जीवन्त और अपनी अभिव्यक्ति में इतना पैना है कि अनायास सारी परतें चीरते हुए मन की गहराइयों में उतरता चला जाता है। मानवीय जीवन को इतनी निर्बाध स्वीकृति बिरले कवियों के काव्य में ही मिल सकी है। नागार्जुन की कविता जीवन के विष और जीवन के अमृत—दोनों में ही आकंठ सराबोर कवि की कविता है।

जीवन के विष को उसने भारतेन्दु और निराला की भाँति निर्विकार पिया और पचाया है, और अमृत—उसे दोनों हाथ मनुष्यता के हित के लिए, कविता के रूप में, उलीचा है। प्रेमचन्द और मुक्तिबोध के साथ वे अकेले रचनाकार हैं, अपने व्यक्तिगत जीवन के कटु और भयावह यथार्थ की मलिन छाया भी जिन्होंने अपने कृतित्व पर नहीं पड़ने दी है। व्यक्ति के रूप में जितने गहरे और मर्मान्तक दुखों को उन्होंने भोगा है, रचनाकार के रूप में मनुष्य और जीवन के प्रति उतनी ही गहरी और प्रशस्त आस्था का परिचय उन्होंने दिया है। अत्यन्त कंटकाकीर्ण वंधुर और सँकरे पथ पर जीवन-यात्रा तय करते हुए उन्होंने अपने कृतित्व में ऐसे प्रशस्त राजपथों का निर्माण किया है, जो मनुष्यता को, निश्चिन्त, उसकी सही मंजिल तक पहुँचा सकें।

नागार्जुन की कविता एकमात्र मानव-जीवन के प्रति समर्पित है—उसका सन्दर्भ देश की धरती हो, देश की जनता हो, देश का जीवन हो अथवा धरती और मनुष्य मात्र; अपने सारे सुख-दुख, हर्ष-विषाद आदि के लिए एक स्वस्थ-सुन्दर, भरे-पूरे जीवन के लिए संघर्ष करता मनुष्य। देश, धरती तथा मनुष्यता के अतिरिक्त वह किसी के प्रति जवाबदेह नहीं है। उसकी सम्पूर्ण प्रणति इन्हीं के लिए है—

देवि! तुम्हारी वसुन्धरा का बित्ता-बित्ता रत्नाकर है,
जनयुग का यह रिक्त हस्त कवि, देवि! तुम्हारे लिए,
आज निज शीश झुकाता!

नागार्जुन की कविता की एक अन्य महत्त्वपूर्ण विशेषता उसकी प्रखर सामाजिकता है—

अधिकाधिक योग-क्षम, अधिकाधिक शुभ-लाभ
अधिकाधिक चेतना
कर लूँ संचित लघुतम परिधि में!
असीम रहें व्यक्तिगत हर्ष-उत्कर्ष!
अकेले ही सकुशल जी लूँ सौ वर्ष!
यह कैसे होगा, यह क्योंकर होगा!

प्रखर सामाजिकता का यह सन्दर्भ, जिसका स्रोत नागार्जुन के प्रगतिशील वैज्ञानिक विचार-दर्शन में निहित है, नागार्जुन की कविता को मात्र जीवन को

स्वीकृति देनेवाली कविता के रूप में ही नहीं, जीवन को बदलनेवाली कविता के रूप में प्रतिष्ठा देता है। अपनी प्रखर सामाजिकता तथा प्रगतिशील विचार-दर्शन के आलोक में ही नागार्जुन ने विश्व की शोषित-पीड़ित मनुष्यता का पक्षधर होते हुए, उसके लिए सामाजिक परिवर्तन की, एक स्वस्थ और सुन्दर समाज-रचना की माँग की है। इसी भूमि से उन्होंने वर्तमान जीवन में व्याप्त व्यवस्था-जन्य विषमता, दुख-दैन्य, शोषण, युद्ध, हिंसा, अन्याय, अत्याचार आदि की भर्त्सना करते हुए जन-सामान्य और उसके मंगलमय भविष्य के प्रति अपनी हार्दिक आत्मीयता को अभिव्यक्ति दी है।

कैसा लगेगा तुम्हें?
जंगली सुअर यदि ऊधम मचाएँ
तहस-नहस कर डालें फसलें
देखकर पदमर्दित उत्कट सुरभि वाली दूधिया बालें
देखकर भू लुंठित कुचली कनक मंजरियाँ
टूक टूक हो यदि हृदय लोकलक्ष्मी का
कैसा लगेगा तुम्हें?

नागार्जुन की कविता इसी अर्थ में समाज-केन्द्रित, लोक-केन्द्रित, मनुष्य-केन्द्रित, जनता के कवि की, जनता के लिए कविता है। सामान्य जन इस कविता का नायक है—वह प्राइमरी स्कूल का मुदर्रिस दुखरन झा हो,[1] कोटि-कोटि शोषित और पीड़ित मनुष्यता का कोई अन्य प्रतिनिधि हो, अथवा अपने समूचे पौराणिक व्यक्तित्व के बावजूद मालिक के एक इशारे पर शंकर की कोपानल का लक्ष्य बननेवाला 'भस्मांकुर' का कामदेव हो।

नागार्जुन की कविता बहुरंगी भाव-छवियों की कविता है। कवि ने अपनी संवेदना को किन्हीं बँधी-बँधाई लीकों में अभिव्यक्ति न देकर उसे जीवन की समग्रता का व्यापक सन्दर्भ प्रदान किया है। वह मुक्त प्रकृति की कविता है जो जीवन की सँकरी और प्रशस्त, समस्त गलियों और राजपथों में स्वेच्छापूर्वक

---

1. घुन खाए शहतीरों पर की बारहखड़ी विधाता बाँचे,
फटी भीत है, छत चूती है, आले पर विसतुइया नाचे,
लगा-लगा बेबस बच्चों पर मिनट मिनट में पाँच तमाचे,
इसी तरह से दुखरन मास्टर गढ़ता है आदम के साँचे।

विचरण करती है, और इस क्रम में उसकी और उसे जीनेवाले मनुष्य की, वैयक्तिक और सामाजिक, सभी प्रकार की आकृतियों को पहचानते हुए चलती है। समीक्षा की भाषा में जिसे सामाजिक यथार्थ कहा जाता है, उसका रूप, मनुष्य तथा जीवन के अन्तर्प्रदेशों और बहिर्प्रदेशों की, कविता द्वारा की जानेवाली इसी यात्रा में स्पष्ट होता है। सामाजिक यथार्थ की यह वह भूमि है, नागार्जुन की कविता में जिसे वास्तविक चरितार्थता प्राप्त हुई है। गाँव, कस्बे, नगर, कल-कारखाने, खेत-खलिहान, महानगरों का जन-संकुल वातावरण, गँवई-गाँव का निस्तब्ध सन्नाटा, सब सामाजिक यथार्थ के सन्दर्भ में की गई कविता की इस यात्रा का अंग बनते हैं। कृत्रिम मूल्यों से बोझिल, घुटता हुआ नागरिक जीवन हो अथवा लोकजीवन की मधुर और आकर्षक छवियाँ, पूँजीवादी व्यवस्था के अभिशाप हों अथवा सामन्तीय जीवन का विलास, सामाजिक यथार्थ की व्यापक और विस्तृत परिधि में, नागार्जुन की कविता ने सबको समेट लिया है। प्रिया के सिन्दूर-तिलकित भाल एवं अपने गाँव की छन्दन-वर्णी धूल से लेकर रत्नगर्भा, अन्नपूर्णा, भारत की धरती-मात्र तक नागार्जुन की कविता का प्रसार है। भारत के जन-आन्दोलनों के साथ-साथ अफ्रीका, कोरिया, वियतनाम आदि देशों के जन-संघर्षों को भी उसने समान आत्मीयता तथा समान ताप से अशीषा है। यदि व्यंग्य का रूप धारण कर मनुष्यता की प्रगति में बाधक व्यक्ति समाज, संस्थाओं, समाज-व्यवस्थाओं, रूढ़ियों-रीतियों, कृत्रिम जीवन-मूल्यों पर वह वज्र बनकर टूटी है, तो सौन्दर्य तथा प्रकृति की अछूती भाव-छवियों से भी उसने हमें परिचित कराया है। कहने का तात्पर्य यह कि व्यक्ति से लेकर समाज और राष्ट्रीय भूमिका से लेकर अन्तर्राष्ट्रीय क्षितिजों तक मानवीय जीवन के साथ-साथ, मानवीय जीवन की चिर-सहचरी प्रकृति के लघु और विराट सभी रूपों तक, नागार्जुन की कविता का प्रसार है। उनकी कविता की इन बहुरंगी भाव-छवियों को जो वस्तु अन्तर्ग्रंथित रख सकी है, वह और कुछ नहीं, मात्र यह सचाई है कि इतने लंबे विस्तार को समेटने के बावजूद उनकी कविता इस विराट अनन्त रूपात्मक जगत् की सीमाओं में हो रही है। उससे परे न तो उसने झाँकने का प्रयास ही किया है, और न ऐसा करना उसका स्वभाव रहा है।

ऊपर हमने नागार्जुन की कविता में आई अछूती भाव-छवियों एवं सौन्दर्य-चित्रों की चर्चा की है। कुछ उदाहरण प्रर्याप्त होंगे।

प्रणय पर बहुत से कवियों ने लिखा है, और दाम्पत्य-प्रणय पर भी कुछेक ने अपनी लेखनी चलाई है, परन्तु दाम्पत्य-प्रणय का यह अछूता भाव-चित्र नागार्जुन ही दे सकते हैं—

सिकुड़ गई रग-रग, झुलस गया अंग-अंग,
बनाकर ठूँठ छोड़ गया पतझार
उलँग असगुन-सा खड़ा रहा कचनार
अचानक उमगी डालों की संधि में छरहरी टहनी
पोर-पोर में गसे थे टूसे
यह तुम थीं।

कचनार प्रतीक है मनुष्य की वृद्धावस्था का, जबकि सौन्दर्य तथा सरसता के सारे उपकरण उसे मुँह बिराने लगते हैं। उस उपेक्षित और अवहेलना से भरे जीवन को सरस बना देती है समूचे जीवन के सुख-दुख की संगिनी सहधर्मिणी की एक मीठी बात, एक तरल स्पर्श। सरसता का यह सन्दर्भ एक साथ कितना मानवीय और कितना मार्मिक है। और 'बादल को घिरते देखा है' कविता में हिमालय की बर्फानी ऊँचाइयों में, अपनी नाभि से उठनेवाली कस्तूरी-गंध के पीछे दौड़-दौड़कर हार जानेवाले कस्तूरी-मृग को अपने पर खीझते-चिढ़ते थे तथा नभचुम्बी कैलास-शीर्ष पर महामेघ और झंझानिल को परस्पर लड़ते-भिड़ते नागार्जुन की तूलिका ही चित्रित कर सकती है—

मैंने तो भीषण जाड़ों में
नभचुम्बी कैलास-शीर्ष पर
महामेघ को झंझानिल से गरज-गरज भिड़ते देखा है,
बादल को घिरते देखा है।

भारत के स्वर्गीय प्रधानमंत्री लालबहादुर शास्त्री के समूचे व्यक्तित्व को क्या नागार्जुन की कविता की यह एक पंक्ति—'वह बारूदी बदबू पर ताजी मलय-गंध', साकार नहीं कर देती; और निराला के व्यक्तित्व की इस गरिमा को क्या कोई और प्रस्तुत कर पाया है—

मरु प्रान्तर को तुमने अन्तर का नीर दिया
कविता-तपस्विनी को ज्योतिर्मय चीर दिया

रह गए प्रतीक्षा में सारे दिक्पाल किन्तु तुम नहीं झुके...
कोई आए तुमसे सीखे
वह द्वापर वाली शरशैया की चुभन आज
आए कोई तुमसे सीखे युग-युग का हालाहल पीना,
आए कोई तुमसे सीखे यह रक्तदान
आए कोई तुमसे सीखे यह स्वाभिमान।

नागार्जुन के व्यंग्य का एक उदाहरण; दृष्टव्य है उनकी 'वे और तुम' शीर्षक कविता। 'वे' से कवि का तात्पर्य श्रमजीवी मनुष्य से है और 'तुम' अर्थात् आत्मकेन्द्रित-व्यक्तिवादी, तथाकथित आधुनिक कवि—

वे लोहा पीट रहे हैं, तुम मन को पीट रहे हो,
वे पत्थर जोड़ रहे हैं, तुम सपने जोड़ रहे हो,
उनकी घुटन ठहाकों में घुलती है
और तुम्हारी घुटन उनींदी घड़ियों में चुरती है
वे हुलसित हैं, अपनी ही फसलों में डूब गए हैं
तुम हुलसित हो, चितकबरी चाँदनियों में खोए हो,
उनको दुख है, नए आम की मंजरियों को पाला मार गया है,
तुमको दुख है, काव्य-संकलन दीमक चाट गए हैं।

बहुरंगी भाव-छवियों के साथ-साथ नागार्जुन का काव्य-शिल्प भी बहुरंगी है। मुक्तक और आख्यानक, दोनों प्रकार की कविताएँ उन्होंने लिखी हैं। लघु से लघु और दीर्घ से दीर्घ—एक हजार पंक्तियों तक की कविता की उनके काव्य में स्थिति है। छन्दबद्ध और मुक्त छन्द—अभिव्यक्ति के इन दोनों प्रकारों में उनकी समान रूप से गति है। हिन्दी के अपने कवित्त, सवैया और बरवै जैसे छन्दों से लेकर आधुनिक से आधुनिक छन्द-प्रयोग उनके काव्य में हमें मिलते हैं। उनकी मुक्त छन्द की कविताएँ भी इसी कारण सफल हैं कि उनकी निर्मिति किसी-न-किसी परम्परागत छन्द के आधार पर हुई है। इस सन्दर्भ में नागार्जुन का कथन है कि मुक्त छन्द में सफलतापूर्वक रचना तभी की जा सकती है जबकि रचयिता को परम्परागत छन्दों का गहरा ज्ञान हो। निराला का मन्तव्य भी यही था, और तभी निराला और नागार्जुन के मुक्त छन्द अपनी लय और अपने प्रवाह को स्थिर रख सके हैं, सफल बन सके हैं।

नागार्जुन की भाषा बहुरंगी भाषा है—जनसाधारण की भाषा भी और पंडितों तथा काव्य-रसिकों की भाषा भी। संस्कृत की क्लासिकल काव्य-शैली में लिखी कविताओं की समास-गर्भित, उदात्त भाषा को छोड़ दिया जाए, तो सामान्यतः उन्होंने सरल और सादी भाषा का प्रयोग ही किया है। संस्कृत काव्य-भाषा के संस्कार सब कहीं मिलेंगे, परन्तु सादगी और सरलता भी इतनी कि बात सीधे मन पर उतर जाए। परन्तु बावजूद इसके, नागार्जुन की भाषा अद्‌भुत व्यंजना-गर्भ है, अन्यथा वे व्यंग्यों के इतने बड़े शिल्पी कैसे होते! व्यंग्यों के ही नहीं, वे भाषा के भी शिल्पी हैं। संस्कृत के अपने पांडित्य का लाभ उठाते हुए उन्होंने सैकड़ों नए शब्द अपनी कविताओं में गढ़े हैं। जीवन के प्रत्येक क्षेत्र से उन्होंने शब्दों का चुनाव कर अपने शब्द-भंडार को व्यापक बनाया है। उनके वाक्य-विन्यास पर संस्कृत कविता की छाप स्पष्ट दिखाई देती है। गो, जनसामान्य की अपनी 'तर्जे-बयानी' को भी उन्होंने खूब पकड़ा है। एक वाक्य में कहना चाहें तो कह सकते हैं कि नागार्जुन के व्यक्तित्व और उनके काव्य की भाँति उनकी भाषा भी बहुरंगी भाषा है। उनके इतने तेवर हैं, और सबके सब इतने सप्राण हैं कि एक सीमित स्थान में उनकी चर्चा ही नहीं हो सकती। जो कवि लोकजीवन से इतनी गहराई पर जाकर जुड़ा हो, उसकी भाषा में इतने तेवर न आएँ तो वह कवि कैसा और उसकी भाषा कैसी?

नागार्जुन के काव्य की यह एक बहुत संक्षिप्त रेखाकृति है। बहुत सम्पन्न और बहुत सार्थक है उनका काव्य-कृतित्व। सरलता तथा सादगी में वह कवि-व्यक्तित्व की ही भाँति अद्वितीय है। अलंकारों के घटाटोप के बीच यह सादगी ही कितना बड़ा अलंकार है, इसे सच्चे काव्य-रसिक ही समझ सकते हैं।

अन्ततः नागार्जुन की कविता तरुणों के प्रति, नई पीढ़ी के प्रति समर्पित कविता है। वे तो खाद बन रहे हैं ताकि उनकी हड्डियों पर तरुणों के लिए, नई पीढ़ी के लिए, उनका मनोवांछित संसार बस सके।

तुम किशोर, तुम तरुण
तुम्हारी अगवानी में
खुरच रहे हम राजपथों की काई-फिसलन
खोद रहे जहरीली घासें
पगडंडियाँ निकाल रहे हैं

गुंफित कर रखी हैं हमने, ये निर्मल-निश्छल प्रशस्तियाँ
आओ, आगे आओ, अपना दाय भाग लो
अपने स्वप्नों को पूरा करने की खातिर
तुम्हें नहीं तो और किसे हम देखें बोलो!
निविड़ अविद्या से मन मूर्च्छित
तन जर्जर है भूख-प्यास से
व्यक्ति-व्यक्ति दुख-दैन्य ग्रस्त है
दुविधा में समुदाय पस्त है
लो मशाल, अब घर-घर को आलोकित कर दो
सेतु बनो प्रज्ञा-प्रयत्न के मध्य
शान्ति को सर्वमंगला हो जाने दो
खुश होंगे हम—
इन निर्बल बाँहों का यदि उपहास तुम्हारा
क्षणिक मनोरंजन करता हो
खुश होंगे हम।

'भस्मांकुर' की काव्य-भूमि : एक संक्षिप्त दृष्टिपात

'भस्मांकुर' नागार्जुन का सद्यःप्रकाशित आख्यानक काव्य है। काम-दहन का पौराणिक प्रसंग, शिव, पार्वती, काम, रति, वसन्त आदि चरित्रों की स्थिति, कवि की वर्णन-शैली, कृति का वस्तु-विन्यास, एक प्रकार से कविता के साथ कवि का समूचा बर्ताव, उसे महज एक हजार पंक्तियों की लंबी कविता का ही नाम न देकर, खंड-काव्य के निकट प्रतिष्ठित करता है। अपनी 'कुमारसम्भवम्' कृति के तीसरे और चौथे सर्गों में कालिदास ने इस प्रसंग को उठाया है, परन्तु कालिदास के 'कुमारसम्भवम्' महाकाव्य में यह प्रसंग उनके मुख्य प्रतिपाद्य की भूमिका है, जबकि 'भस्मांकुर' में वही मुख्य प्रतिपाद्य है। नागार्जुन के इस काव्य की विशिष्टता इस बात में है कि कवि-गुरु के संस्कारों से वेष्टित होने के बावजूद वह नागार्जुन की मौलिक कवि-प्रतिभा की उपज है, और यह मौलिकता केवल कथावस्तु के विन्यास एवं उसके विविध प्रसंगों में ही नहीं, चरित्रों के चित्रण तथा अपने सर्वाधिक प्रखर रूप में कृति के अन्तर्गत निहित उस समूची

विचारधारा में देखी जा सकती है, जिसके नाते ही 'भस्मांकुर' अपनी समस्त पौराणिक आधार भूमि के रहते हुए एक प्रगतिशील, समाजचेता आधुनिक कवि की कृति कहलाने का गौरव प्राप्त कर सका है। कवि-गुरु को कनिष्ठिका पर ही अधिष्ठित रखते हुए एवं उनकी कवि-प्रतिभा से पूरी तरह अभिभूत होते हुए भी, यहाँ कहना चाहूँगा कि मौलिकता का यह वह बिन्दु है जो 'भस्मांकुर' को आधुनिक पाठक के लिए 'कुमारसम्भवम्' के तीसरे तथा चौथे सर्गों की अपेक्षा अधिक ग्राह्य बनाता है। काम-दहन के उपरान्त रति को चिता में जल जाने के लिए उद्यत देखकर 'कुमारसम्भवम्' में आकाशवाणी होती है—

तदिदं परिरक्ष शोभने! भवितव्य प्रिय सङ्गमं वपुः।
रविपीतजला तपात्यये पुनरोधेन हि युज्यते नदी॥

अर्थात्—'हे सुन्दरि! तुमको प्रिय संगम अवश्य प्राप्त होगा। अतः तुमको इस शरीर की रक्षा प्रिय समागम के लिए ही करनी चाहिए। अपने शरीर को त्यागकर भविष्य के प्रिय संगमोत्सव से वंचित न बनो। देखो, जो नदी ग्रीष्म ऋतु में सूर्य की किरणों से शोषित होकर जलहीन हो जाती है, वही नदी पुनः वर्षा-ऋतु प्राप्त होने पर जल से पूर्ण होती है।'

नागार्जुन के काव्य में आकाशवाणी का रूप और आशय भिन्न है।

अतनु गिरा से गूँज उठा माहौल
× × ×
कौन मदन तुमको कर सकता नष्ट!
जयति जयति भस्मांकुर जयति अनंग!
जयति जयति रतिनाथ, कामनाकन्द!
जिजीविषा के उत्स, सृष्टि के मूल!
जयति जयति कन्दर्प, अजेय-अमेय!
कौन मदन तुमको कर सकता नष्ट!

ज़ाहिर है कि यहाँ नागार्जुन ने काम के पुनरुद्भव को व्यापक सन्दर्भों में प्रस्तुत किया है, उसके पुनर्जीवन को रति के लिए ही नहीं, कुमार की उत्पत्ति के लिए ही नहीं, मनुष्यता की परम्परा को, सृष्टिमात्र को जीवित रखने के लिए आवश्यक माना है। कारण, वही तो सृष्टि का मूल, जिजीविषा का उत्स, कामना

का कन्द है। काम के भस्म हो जाने का अर्थ है—मनुष्यता की बेलि का सूख जाना। काम का अस्तित्व है, तभी तो संसार का, मानव-जीवन का, प्राणिमात्र का अस्तित्व है। काम के चरित्र का यह उदात्त सन्दर्भ, उसके व्यक्तित्व का यह नया आयाम, न केवल 'भस्मांकुर' को एक नई प्राणवत्ता प्रदान करता है, उसके समूचे कथ्य और उसके समूचे प्रतिपाद्य को एक व्यापक सामाजिकता और प्रगतिशील चिन्ताधारा से सार्थक करता है—नागार्जुन से जिसकी अपेक्षा थी। नागार्जुन के काव्य की चर्चा करते हुए पिछले पृष्ठों में हमने उनके काव्य की केन्द्रीय विशेषता मानव-जीवन से उसकी गहन सम्पृक्ति तथा उसकी प्रखर सामाजिकता में मानी है, हमने नागार्जुन की कविता को मानव-जीवन के प्रति, मनुष्यता के प्रति समर्पित कविता कहा है—'भस्मांकुर' कृति का प्रतिपाद्य क्या हमारे इस कथन को पूरी तरह प्रमाणित नहीं करता? हमने यह भी कहा है कि नागार्जुन की कविता की प्रणति केवल मानवीय जीवन और उसे जीनेवालों के प्रति ही है, किसी भी पारलौकिक सत्ता के प्रति वे प्रणत नहीं हुए हैं, 'भस्मांकुर' हमारे इस कथन को भी प्रमाणित करता है। यहाँ भी देवाधिदेव शंकर की जय-जयकार नहीं, सकल कामनाओं के उत्स, मनुष्य के मन-प्राणों में चिरजीवी कामदेव की ही वन्दना की गई है। कृति की समाप्ति जिस आकाशवाणी से हुई है, कृति की समाप्ति हो जाने पर भी, देर तक सहृदय के मन में अपनी समूची व्यंनजना के साथ वह गूँजती रहती है—'जयति जयति भस्मांकुर जयति अनंग...।'

'भस्मांकुर' काव्य के वे कुछ विशिष्ट पक्ष हैं, जो उसे मौलिकता तो देते ही हैं, उसे एक आधुनिक कृति भी बनाते हैं। इतिहास तथा पुराणों के घटना प्रसंगों, चरित्रों तथा आशयों को ज्यों-का-त्यों ग्रहण कर नागार्जुन ने एक परम्परावादी कवि की भूमिका नहीं निभाई, आधुनिक युग के एक सार्थक कवि के नाते उन्होंने उन्हें नए अर्थों से सम्पन्न करके प्रस्तुत किया है। प्रत्येक जागरूक कवि इसी प्रकार परम्परा के जीवित-सप्राण अंशों को, अपने युग के अनुरूप नई शक्ल देता है, कभी कोई परम्परा सार्थक परम्परा बन पाती है। इसके अभाव में परम्परा एक शव के समान है, और नागार्जुन जीवन्त परम्परा के दावेदार कवि हैं, उसके शव का बोझा ढोनेवाले कवि नहीं।

कुछ शब्द 'भस्मांकुर' की कथा के सम्बन्ध में। पार्वती की स्वप्न-चर्चा, काम के अनिष्ट की आशंका से रति का खिन्न हो उठना, रति और काम का पारस्परिक वार्तालाप, मध्यस्थ के रूप में वसन्त का उनके आपसी झगड़े को

सुलझाना आदि-आदि प्रसंग नागार्जुन की कविता के अपने प्रसंग हैं। नागार्जुन ने कहा है न, कि पिछले सात-आठ वर्षों से 'भस्मांकुर' का कथानक उनके मन में पकता-उबलता रहा है। इन प्रसंगों की उद्‌भावना के द्वारा ही नागार्जुन ने अपनी कृति को खंड-काव्य रूप दिया है, और कहना न होगा कि यही वे प्रसंग हैं जो 'भस्मांकुर' की पौराणिक कथा को मानवीय बनाते हैं। मानवीय जीवन से अपने इस नैकट्य के कारण ही 'भस्मांकुर' अधिक गहराई में जाकर हमारे मन-प्राणों का स्पर्श करता है। कृति की प्रस्तावना में कवि ने आशा की है कि काम, रति और वसन्त की मुखरता पाठकों को नहीं अखरेगी। सचमुच यह मुखरता पाठक को नहीं अखरती, बल्कि उसके नाते ही 'भस्मांकुर' के चरित्र-काम, रति, वसन्त हों या 'जगतः पितरौ' उमामहेश्वर—अपने पौराणिक व्यक्तित्व के बावजूद हमें अपने अधिक निकट लगते हैं। उनके चित्रण में जहाँ भी मानवीय चेष्टाओं और कार्य व्यापारों की स्थिति है, वहीं वे जीवित चरित्र हैं अन्यथा उनका कोई अस्तित्व नहीं। तीसरा नेत्र खोलकर शिव अपनी कोपानल में कामदेव को भस्म ज़रूर कर देते हैं, और इस प्रकार हमें अपनी अति-मानवीय, लोकोत्तर भूमिका एवं शक्ति से भी परिचित करा देते हैं, परन्तु इसके उपरान्त कामदेव गया तो गया, स्वतः शिव ही कहाँ वच पाते हैं। उधर कामदेव भस्म होता है, इधर शिव अन्तर्धान, सारा माया-कानन गायब। कवि की दृष्टि और पाठकों की दृष्टि से सब ओझल हो जाते हैं।

नागार्जुन के काव्य का परिचय देते हुए हमने कहा है कि नागार्जुन की कविता अपनी बहुरंगी भाव-छवियों के वावजूद इस अनन्त रूपात्मक वस्तुजगत् की परिधि में सीमित कविता है। 'भस्मांकुर' कृति इस कथन को भी प्रमाणित करती है। 'भस्मांकुर' का सारा कार्य-व्यापार कैलास में घटित होता है। कैलास की सहज-स्वाभाविक छटा हो, या असमय छा जानेवाले वसन्त के फलस्वरूप उसकी बदलती हुई सौन्दर्य-छवि, सब इस वस्तु-जगत् का ही अंग है। 'भस्मांकुर' में कवि ने प्रकृति का जो मनोरम चित्र प्रस्तुत किया है, वह इस कारण सजीव है कि कैलास का शिशिर हो या वसन्त, उसे कवि ने अपनी आँखों से निहारा है, अपने यायावर जीवन के दौरान...

मैंने तो भीषण जाड़ों में, नभचुम्बी कैलास शीर्ष पर
महामेघ झंझानिल से गरज-गरज भिड़ते देखा है...

इस प्राकृतिक चित्रण पर कालिदास का प्रभाव है, परन्तु इसका मूलांश कवि के अपने निरीक्षण का अंग है। यहाँ भी नागार्जुन ने वसन्त मलयानील, नर-कोकिल, चटुल भ्रमर तथा झिल्ली आदि के आत्म-परिचय द्वारा वसन्त के आगामी संभार के लिए आवश्यक पृष्ठभूमि तैयार कर दी है।

पार्वती की स्वप्न-चर्चा कृति का बहुत सजीव अंग है, उतना ही सजीव और सार्थक जितना काम के भस्म हो जाने के उपरान्त रति का विलाप। ये दोनों प्रसंग अत्यन्त मानवीय और अत्यन्त मार्मिक प्रसंग हैं। एक प्रिय की प्राप्ति से सम्बन्धित है, दूसरा प्रिय के विछोह से, परन्तु अपनी भिन्न भूमिका के बावजूद, अपने-अपने स्तर पर, दोनों ही नारी के मन-प्राणों को सहज-साकार करते हैं। एक में नारी-मन का सहज उल्लास और दूसरे में उसकी अथाह करुणा व्यंजित है। पार्वती और रति, दोनों सामान्य नारियाँ हैं, इसलिए दोनों हमारी संवेदना की समान रूप से अधिकारिणी बनती हैं। जो प्रश्न पहले की एक कविता में नागार्जुन ने कालिदास से पूछा था, रति-विलाप के सन्दर्भ में यदि मैं वही प्रश्न नागार्जुन से पूछूँ—

शिवजी की तीसरी आँख से
निकली हुई महा ज्वाला में
घृत-मिश्रित सूखी-समिधा-सम
कामदेव जब भस्म हो गया
रति का क्रन्दन सुन आँसू से
तुमने ही तो दृग धोये थे?
कालिदास, सच-सच बतलाना
रति रोई या तुम रोये थे?

'भस्मांकुर' का नायक काम है, अपने मालिक के एक इशारे पर अपने प्राणों की आहुति देनेवाला बेचारा काम! नागार्जुन की काव्य-चर्चा के क्रम में हमने कहा है कि सामान्य जन ही नागार्जुन की कविता के केन्द्र में प्रतिष्ठित है, और वही उनकी कविता का नायक है। काम का यह नायकत्व भी हमारे इस कथन का अपवाद नहीं है।

'भस्मांकुर' का अंगी रस श्रृंगार है। रसराज का उत्स जिस कृति का नायक हो, तो फिर अंगी रस के और होने का सवाल ही नहीं उठता। आकाशवाणी,

कृति के समूचे रस-सन्दर्भ को पुनः अपनी जगह प्रतिष्ठित कर देता है। रोती हुई रति प्रसन्नता के आवेश में पति के सखा वसन्त के गले से लिपट जाती है। एक छोटी-सी कथा के भीतर, शृंगार और करुण, दोनों की मार्मिक छवियाँ कवि ने प्रस्तुत की हैं।

कवि की भाषा और छन्द के बारे में जो कुछ हम पिछले पृष्ठों में कह चुके हैं, यहाँ भी सार्थक है। तुलसी और रहीम द्वारा माँजे गए हिन्दी के प्यारे-दुलारे बरवै छन्द को नया प्राण दिया है, नागार्जुन ने। हो सकता है कि लोक-प्रचलित शब्दों के कुछ विशिष्ट प्रयोग एकाध लोगों को न रुचें, परन्तु जहाँ तक कविता की बात है, लोकजीवन की 'तर्जे-बयानी' के कायल और सुख-दुख की सहज-मानवीय भूमिका के गायक नागार्जुन ने भाषा की हर स्वाभाविक भंगिमा को महत्त्व देकर अपनी कविता को मधुर और ग्राह्य बनाया है। और फिर, संस्कृत-गर्भित, चुस्त भाषा की छटा भी तो 'भस्मांकुर' में है। यदि इससे भी लोगों का मन न भरे, तो उनके लिए नागार्जुन के ही काव्य को नहीं, सूर, तुलसी, कालिदास, यहाँ तक कि काव्य-मात्र को वर्जित मानना चाहिए—लोकजीवन के जाग्रत, सप्राण सन्दर्भों को लेकर ही जो प्रारम्भ से आज तक निखरता चला आया है।

'भस्मांकुर' के उद्धरण जान-बूझकर नहीं दिए गए हैं, वह तो प्रस्तुत है। इत्यलम्।

हिन्दी विभाग
सागर विश्वविद्यालय, सागर

—शिवकुमार मिश्र

असमय अंकुर, असमय लतावितान
वृद्ध वनस्पतियों का नव परिधान
असमय मुकुलोद्गम, मधुमद चहुँ ओर
असमय कुसुमविलास, हास-हिलकोर
गुंजित अलिदल कम्पित कलिकाकोर
असमय चंचल दखिन पवन चितचोर
असमय हरियाली का पारावार
असमय पिककुल मुखरित बारम्बार

मैं वसन्त, मैं मदनसखा सुकुमार
त्रिभुवन पर मेरा अखंड अधिकार
मैं मरु-उर में उद्भिद का अवतार
नवल सृष्टि विधि को मेरा उपहार
मैं धरती का यौवन, मैं श्रृंगार
ऋतुएँ करती हैं मेरा मनुहार

जगत् प्राण मैं चंचल मलयसमीर
सबको रखता हुलसित, सतत अधीर
भरता रहता हूँ कण-कण में पीर
चला-चला कर सुरभि-श्वास के तीर
मैं अति चंचल, मैं अत्यन्त गम्भीर
मुझमें घुलते मृगमद और उशीर

मैं नर-कोकिल, मेरी पंचम तान
पीने को उत्सुक रहते हैं कान
मेरे स्वर का है अचूक संधान
मिलन-मनोरथ हो उठता गतिमान
मुझसे दीपित विरहातुर के प्रान
'कुहू-कुहू' सुनते ही घुलता मान

चटुल भ्रमर मैं, मेरा गुंजन नाद
भरता है उर में मादक अवसाद
नहीं एक भी कान रहा अपवाद
छलकाता हूँ सात स्वरों का स्वाद
करते हैं गंधर्व सदा ही याद
सर्वप्रथम मैं, औरों के स्वर बाद

मैं झिल्ली : मेरी अविरत झंकार
स्वर-संहति को देती है आधार
मदिर उदासी पर चढ़ता ध्वनि-भार
गहराई को देती हूँ विस्तार
धीर-उदात्त यहाँ सब एकाकार
चिन्ता को पहुँचाती स्मृति के पार

विह्वल हरिणी मान गई मनुहार
बदल-बदलकर सींग, हरिण उत्कर्ण
खुजलाता है उसका ग्रीवा-मूल
रोम-रोम से टपकाता है प्यार
असमय हरिणी गई उछलना भूल
नेत्र निमीलित, अंग-अंग बेभान
नासापुट को मिला गंध-संधान
मगन हो रहे बेचारी के प्राण

उछल-उछल कर रौंद रहे हैं घास
शशक युग्म पर हावी है मधुमास
हरित भूमि को अद्‌भुत छटा प्रदान—
करते उसके विद्रुमवर्णी कान
देखो, असमय माँद पड़ा सुनसान
अनुधावन में अनुरंजन में लीन
उनके निश-दिन निद्रा भूख विहीन
नरम दूब तक नहीं रहे हैं टूँग
एक-दूसरे का मुँह लेते सूँघ

अंग-अंग में कनक-छटा की कौंध
दिव्य पारदर्शी छवि-रंजित गात
मृदुता और कठिनता में समतूल
तरल लुनाई का निरुपम अनुपात
मायामूर्ति सुमध्यम सुगठित देह
प्रतिमित तरुणाई का जंगम गेह

रविकार विकसित कमल कोश उपमान
चित्रकार-तूली-उन्मीलित रूप
नव यौवन से सुविभाजित अवदात
भुवन मोहनी स्मिति, सौन्दर्य-प्रभात
उमा पार्वती त्रिभुवन शोभा-धाम
अपर्याप्त उसके लेखे सौ नाम
विविध वर्ण प्रतिभासित फटिक समान
वय:संधि का तरल-मृदुल प्रतिमान
रोम-रोम से फूट रहा लावण्य

हुई अचम्भित गिरिजा अपने-आप
समझ न पाई ऋतु-व्यतिक्रम का भेद
देखा उसने नैसर्गिक विस्फोट...

शिशिर-मध्य में पिघल रहा था बर्फ
हरित तृणांकुर छाए थे सब ओर
फैल गई थीं वल्लरियाँ चुपचाप
सूखे वल्कल हरे हो गए आप
मुदित विटप-समुदाय, सरस आमूल
पोर-पोर टहनी-टहनी उद्भिन्न...
अगणित टूसे मना रहे उल्लास

शाखाएँ हो उठीं खूब छतनार
रोक न पाईं आलिंगन की चाह
लतिकाओं ने पकड़ी सुख की राह
दीर्घ प्रलंबित थाम लिये भुजदंड
एक-एक कर टूट गए पाखंड
प्रौढ़ वनस्पति मान चुके हैं हार
बेलें उनसे लिपट गईं निर्द्वंद्व

मधु ऋतु की जादुई छुअन से तृप्त
थिरक उठीं कंटकित झाड़ियाँ आज
काँटों तक के बदल गए हैं रूप
हरित सुधा का करते हैं जयगान
भ्रम पाएँगे इनसे भी अनुदान
अपत कटीली डारों से आच्छन्न
झुरमुट में यदि निर्मित हो मधुछत्र
वहाँ चलेगा क्यों न भला रसपान!

रात्रिशेष में देखा अद्‌भुत स्वप्न :
तरुण वृषभ के निकल रहे हैं सींग
तरुण शम्भु की मसें रही हैं भींग
आसन में है कस्तूरी-मृग-छाल
सुभग सपोले सजा रहे हैं देह
रजत दंड वाला कनकाग्र त्रिशूल
मणि कुट्टिम में गड़ा हुआ तन्मध्य
लता तंतु में डमरु बँधा अभिराम
आगे-पीछे शैल-शृंग हिम-शुभ्र
किन्तु मध्य में अधित्यका, मृदुभूमि...
वर्ण-गंध थे जिनके अमित-असीम
जान न पाई उन फूलों के नाम!
इन आँखों से पाऊँगी क्या देख
शंकर का वह तरुण-मनोहर रूप!

रात्रिशेष में देखा अद्‌भुत स्वप्न :
मुझे देखकर मुसकाते हैं आप
चटुल दृगों में प्रीति गई है व्याप
झुक-झुक सूँघ रहे हैं लीला-पद्‌म
शिथिल पड़ा मम व्रीड़ा-विगलित हाथ

थाम लिया है प्रिय ने फिर चुपचाप
लगी उभरने उद्दीपन की छाप

मन में थिरकन, तन में है रोमांच
पलकों पर जमकर बैठा संकोच
उठ पाती है ऊपर कहाँ निगाह...
तरुणी गिरिजा तरुण शम्भु के साथ
निपट मुग्ध-सी बैठी भाव-विभोर
कौन बताए, जाने कितनी देर

रात्रिकोष में देखा अद्भुत स्वप्न :
तरुण वृषभ पर दोनों हुए सवार
मैंने उनकी कमर रखी है थाम
बंधुर गिरिपथ, हिम-प्रान्तर सुनसान
उदयपूर्व का आरम्भिक दिन-मान
इधर-उधर हैं शैल-सानु कनकाभ
पल-पल पुलकन भरते शिशिर समीर
बर्फ-बर्फ सब ओर, नहीं है नीर
बढ़े जा रहे मेरे प्राणाधार
मुझे मिला है यायावर का प्यार
नापेगा वह क्षितिजों का विस्तार
तरुण वृषभ पर हम दो जने सवार
निकल पड़े हैं जाने पहली बार

"मेरे प्रियतम, मुझे लग गई प्यास
बोली मैं! छलका उनका मृदु हास
हाथ उठाकर देखा दाईं ओर
फिर रुक कर बोले मेरे चितचोर

पहुँच गए बस लाँघा जहाँ पठार
फिर हल्की उतराई के उस पार
मृगमदवासित शिखर गुफा गृह-द्वार
वहीं करेंगे अपन क्लान्ति-परिहार..."
हँसकर प्रिय ने थपकाए थे गाल
इतने-भर से मैं हो उठी निहाल
तरुण वृषभ की त्वरित हो उठी चाल

रात्रिशेष में देखा अद्‌भुत स्वप्न :
पहुँचाकर प्रिय तक मुझको, तत्काल
सखि, तुम दोनों चली गई हो दूर
अरे, यहाँ तो मार गया है काठ
भूल गई तुमसे सीखे जो पाठ
कहाँ पा रही वल्कल-वसन सँभाल!...

"हमने देखे स्वप्न तुम्हारे साथ!
गौरी तरुणी, तरुण-तरुण शिवनाथ..."
विजया बोलो, मुसकाई कुछ देर
जया रही थी देख फेरकर दृष्टि

तोल रही थी ग्रीवाभंग ललाम!
"कहती है क्या सजनी?

होश सँभाल
चाट न जाएँ हाय हमारे गाल
प्रभु के गले लटकते मोटे व्याल
सर्प-स्पर्श-सुख की आदत तो डाल
भुगतेंगे फिर होगा जो भी हाल..."
समझ न पाई जया नर्म-परिहास
लेकिन फैला थिरकन भरा हुलास
हुई विभासित हैमवती-मुख-कान्ति
फिर से मुस्काए विजया के होंठ

पग-पग पर ऋतुपति का छवि-संभार
दिशा-दिशा में किशलय-कुसुम-प्रसार
विविध गंधबंधुर समीर-संचार
पिकरव, अलिगुंजन, झिल्ली-झंकार
स्निग्ध-सुकोमल सतरंगी संसार
मुखर हिमाचल, पिघले तरल तुषार
प्रकृति-परी ने सजा हरित शृंगार
त्वरा-भरित झरने हो उठे उदार

उधर शिशिर, मधुमास इधर, इस पार
नहीं कहीं भी दीख रहा पतझार
नन्दन वन ही लाया यहाँ उतार
बन्धु ले गया मुझसे बाजी मार
त्रिभुवन में छलकाता मधुमद सिन्धु
आजीवन सहकर्मी अपना बन्धु
साध्य कठिन हो, साधन चाहे स्वल्प
पूर्ण करेगा वह मेरा संकल्प

सहज-सखा सहभोगी रुचिर वसन्त
अन्तिम क्षण तक देगा अपना साथ
साँग सवाहन सायुध मेरा मित्र
फैलाकर बैठा है मायाजाल

मुझे नहीं है अब कुछ भी सन्देह
विवश, करेंगे रागारुण शितिकंठ
गिरितनया का अधर-सुधारसपान
दोनों ही तब दीखेंगे युगनद्ध
देश-काल का टूटेगा व्यवधान
मूक हास में थिरकेगा कैलास
और सभी तो हट जाएँगे दूर
छिपा रहूँगा मैं उनके ही पास
पूरा होगा सुरपति का अभिलाष

पूरा होगा सुरपति का अभिलाष
गौरी-नन्दन, शिव का औरस पुत्र
वही करेगा तारक का संहार
सुर-समूह की चिन्ता होगी दूर
यश के भागी, हम होंगे कृतकृत्य

अभी-अभी तो उतरे हैं इस ठौर
टहल-बूलकर देख रहे हिम भूमि
चमक उठा है कुसुमाकर का क्षेत्र
लगता क्या असमय वसन्त-विन्यास...
पूर्णकाम प्रभु, जय-जय हे सुरराज
सुखी रहे अपना वह देव-समाज

अपनों के हित आऊँ यदि मैं काम
समझूँगा, सार्थक है अपना नाम

"प्रिये, किधर हो?

आओ, यहाँ समीप
देखो तो कैसी लगती वनभूमि
रातों-रात यहाँ उतरा मधुमास
निखर उठे हैं बहुरंगी परिवेश
पूरा होगा निश्चय अपना लक्ष्य..."
"जी, कब से मैं देख रही यह दृश्य!"
निकट आ गई रतिरानी सुकुमारि
(सजी-धजी गुड़िया-सी सुन्दरि नारि)
पति से बोली :

"सब कुछ है तैयार
धन्य-धन्य कुसुमाकर, ऋतुपति धन्य!
चलो, पिन्हाएँ उसे जुही का हार
जादूगर है मदन, तुम्हारा मीत
हिममंडित शिखरों के बीचोबीच
देख रही हूँ कानन पहली बार
शिलीभूत तुहिनों से अटे पठार
पता नहीं, किस ओर हो गए लुप्त
"जी, कब से मैं देख रही यह दृश्य...
मायाकानन में डूबा धवलाद्रि
हरित हास ही छिटकाता सब ओर
तट तरु, तुहिन शिलोच्चय, सरित् प्रवाह
लगते तिहरे प्रभातरल प्रतिबिम्ब
अनुरंजित छवियों में सब हैं कैद

लता, मुकुल, टूसे, पत्रांकुर, पुष्प...
पशु-पक्षी-कृमि-कीट सभी हैं मस्त
राग-रंग में अग-जग सारे व्यस्त
आओ साजन, करें कहीं विश्राम
भ्रमर-दूत को भेजो मधु के पास
उधर गुफा में बैठेंगे कुछ देर..."

रखकर पति के कंधों पर मृदु हाथ
आँखों में दीं आँखें रति ने डाल
दो-दो दृगमणि, चारों की द्युति एक—
अन्तर उर के तरल स्निग्ध प्रतिरूप
तैर रहे थे उनमें बारम्बार
भासित हुई मदन को कुछ क्षण बाद
संशय-मिश्रित भय की हल्की छाँह—
स्पंदित चम्पक पंखड़ियों के बीच
दो मणि गोलक चमके शंकाश्याम!

छिपा न पाई भीतर का आतंक
मलिन-मुखी रति पास आ गई और...
झट से झुककर लिया मदन ने थाम
काँप रहा था रति का मृदुल शरीर
स्वेदसिक्त, रोमांचित कान्तिविहीन
अंग-अंग लगता था स्पंदन-शून्य
होंठों पर से गायब थी मुस्कान

फीकी आभा में उदास थे गाल
रत्नशिला की पटिया पर तत्काल

लिटा दी गई उसकी बेसुध देह
लगा बीजने मन्मथ किशलयगुच्छ
वापस लाए क्रमश: तन की स्फूर्ति
मंदाकिनी - सलिल - शीकर - संपात
खुले नयन, देखा रति ने : प्रियमित्र
खड़ा सामने सहृदय सखा वसन्त
अपर मदन-सा अति सुन्दर सुकुमार

"लगा, मित्र ने मुझे किया है याद
अभी भागता आया हूँ मैं देवि
क्षण-भर में तुम हो जाओगी स्वस्थ
यह कुबेर-अधिवासित हिमगिरि गोद
यहाँ सुलभ हैं केवल मोद-प्रमोद
उठो-उठो सखि, चलो, करें मधुपान
पत्रपुटों में पियो आज मकरंद
चलकर देखो, निज आँखों से आज
लटक रहे कैसे सौ-सौ मधुछत्र..."

मुदित हुए सुनकर वसन्त के बोल
कोमल प्राणोंवाली रति के प्राण
अभी-अभी तो लगभग थी बेहोश
वापस आई अभी जान में जान
लगी छिटकने होंठों पर मुस्कान
मन-ही-मन हो उठी परम आश्वस्त
कहाँ दब गया जाने संशय-कीट
कुसुमाकर को उसने किया प्रणाम

मन ही मन जाने कितनी ही बार...
जादूगर-सा रति को लगा वसन्त!
रत्नशिला थी निर्झरिणी के पास
इधर-उधर फैला था फेनिल हास
हुए वहीं पर सुखपूर्वक आसीन
और न कोई, रहे तीन के तीन
चला देर तक उनका वह मधुपान
वर्ण-गंध-रुचि खींच रहे थे ध्यान
खटरस फल थे सज्जित विविध प्रकार
बीच-बीच में बदला जिनसे स्वाद
पत्र-चषक भरते, तिर उठती आप
रति के रतनारे नयनों की छाप
हिलती दृगछाया से करते खेल
पाननिरत दोनों मित्रों के होंठ...

"सुना-सुनाकर क्लान्तिहरण का मंत्र
भौंरों ने भर दी है कितनी स्फूर्ति
अपने ही धनु की अविरत टंकार—
जैसी लगती यह झिल्ली-झंकार
उठो बन्धु, पूरा करना है काम
अरे, हो चुका मध्यान्तर-विश्राम..."
इतना कहकर मदन उठा तत्काल
रतिरानी भी उठी साथ ही साथ
पर, मधु-माधव गया वहीं पर लेट
बोला : "मुझ पर दुगनी चढ़ी थकास
लेटूँगा मैं अभी यहीं कुछ देर

तुम जाओ, बूढ़े का करो इलाज
भाभी को चाहे ले जाओ साथ
मगर इन्हें तुम रखना अपने पास
मत करना उस खूसट पर विश्वास
पकड़ लिया यदि शिव ने रति का हाथ
सोचो, गौरी का होगा क्या हाल..."

उठे ठहाके, हँसा खूब कन्दर्प
नभ में छायी अट्टहास की गूँज
हँसते-हँसते रति हो गई निढाल
फूलीं नाकें, सुर्ख हो उठे गाल
दबी रही कुसुमाकर की मुस्कान
गालों में घुटती होंठों में कैद—
खूब रहा यह नाटकीय परिहास
मन्मथ के अन्दर भर गया हुलास

अति सुन्दर मुखमंडल, चम्पक कान्ति
हुई मदन को स्वर्णचन्द्र की भ्रान्ति
भृकुटि-सुरेखित आयत पक्ष्मल नेत्र
उन्मद अलि परिपंखित पद्म समान
तिल पुष्पोपम नासा, ललित कपोल
कंबुग्रीव, कुंचितशिति कुंतलजाल...
ढले हुए-से कंधे, मृदु भुज-नाल
तनिक उगे सींगों-से युगल उरोज
निराभरण सम-अन्तराल, अरुणाभ...
शिशु नागिन-सी रोमावलि निःशंक
लटक रही है नाभि-विवर की ओर...
लगा मदन को, गिरिजा का कौमार्य

अक्षत ही रह जाएगा आकल्प
नजर नहीं सकता है कोई डाल
संरक्षक हैं स्वयं अलक्षित माल
बैठा सिर पर फन फैलाए व्याल!

कामदेव के मन में उपजी आस :
एक झलक देखें शिव इसकी ओर
फिर क्या पाएँगे अपने को रोक!
यह भोलापन, इतना सुन्दर रूप
रिझा नहीं पाएगा प्रभु का चित्त?

रति से बोला :
"सुनती हो वरनारि,
लक्ष्यसिद्धि के प्रति हूँ मैं आश्वस्त
गिरितनया का यह अनुपम लावण्य
कर ही लेगा आकर्षित निज-ओर
शिव के मन को। जय जय है देवेन्द्र!"

रति ने कहा :
"उमा का यह सौन्दर्य
लगता है मुझको भी विरल, अपूर्व
पर, तुमने तो, ओ हे प्राणाधार,
मुनि-मन मथित किए हैं सौ-सौ बार!
बतलाओ, क्या रह जाता है शेष
जरठ हृदय में बिन्दु-मात्र भी स्नेह?
मुझको तो प्रिय, लगता है बेकार
सारा नाटक। आखिर वह सुकुमारि
क्यों बूढ़े को करने लगी पसन्द?

क्या अनमेल समागम है अनिवार्य?
सुर-समाज की बुद्धि हो गई भ्रष्ट!
करते हैं कैसे-कैसे खिलवाड़
बस यों ही ये ब्रह्मा-विष्णु-महेश..."

दिया मदन ने पत्नी का मुँह मूँद
कहने लगा :
"हुआ क्या तुझको आज?
बकती क्या-क्या बातें ऊटपटाँग!
पगली, तू होती है इनके कौन?
हाँ, हाँ, निश्चय, अधिक पी गई आज...
खींचूँगा मैं तो वसन्त के कान..."

"क्यों खींचोगे उस गरीब के कान?"
रति बोली : "इसमें उसका क्या दोष?
हैं दुरुस्त मेरे तो होश-हवास...
अच्छी लगती तुम्हें न मेरी बात?
तो वसन्त को इसमें रहे लपेट?
अच्छा, अब धारण करती हूँ मौन
सचमुच, इनके होती हूँ मैं कौन!
गिरितनया यदि शिव को करे पसन्द
होगी मेरी साँस भला क्यों बन्द
मना रही मैं सिर्फ तुम्हारी खैर
वे ठहरे देवाधिदेव सर्वेश
लेकिन, तुम हो दीवाने दरवेश
याद रख सको यदि इतनी-सी बात
होगा प्रीतम, मेरा भी कल्याण..."

"तू न करेगी अपनी बक-बक बन्द,
पागल औरत! भाग अरी, ओ भाग
अरे इसे तो भूत लगा है भूत...
प्रिय वसन्त, तू किधर गया, आ, देख!"
खिन्न, संकुचित, चिन्तित, किंचित त्रस्त
भावी अशुभों की शंका में म्लान
रहा सोचता मदन अनाप-शनाप
आगे आया मधु-माधव चुपचाप

"समझाओ अपनी भाभी को मित्र,
दिल-दिमाग हैं इसके बड़े विचित्र
देती है दुनिया-भर को उपदेश
नहीं भा रहा शिवशंकर का भेस..."

सुनी बन्धु की बात। रहा गम्भीर
दृष्टि सचेतन, मुद्रित थे पर होंठ
लगता था कुसुमाकर परम प्रशान्त
पत्नी के प्रतिवादों से उद्विग्न
मदन समर्थन चाह रहा था और
चाह रहा था माधव से कुछ शब्द
चाह रहा था, ले वह इसका पक्ष
शिवशंकर की महिमा करे बखान
क्या समझेगी वरना रति नादान

अलग ले गया रति को उधर वसन्त
वापस आए दोनों ही तत्काल

"मान गई है भाभी अपनी भूल,
वापस लेती है अपने अपशब्द..."
बोला मृदु लहजे में सखा वसन्त
"क्षमा करो अब तुम इसका अपराध!
महारुद्र की क्षमताओं का ज्ञान
होता तो फिर क्यों करती यह भूल!
क्यों निकालती मुख से हल्के शब्द!
शिशु समान होती है नारी-जाति
मृदुमति, तरल स्वभाव, रूप-रस-गंध-
शब्द-स्पर्श के प्रति अर्पित आप्राण!
पी जातीं यह हालाहल चुपचाप
कंठ नहीं होते हैं इनके नील
खंडित होने देतीं अपना शील
चुकता करतीं भावुकता का मूल्य
तन-मन-धन सब कुछ देती हैं झोंक..."

"बहुत हुआ, बस, सावधान प्रिय बन्धु!
छोड़ो अब तो, चलो चलें उस ठौर
देखो, गिरिजा गई शम्भु के पास
चलकर साधें अपने तीर-कमान!
पूर्ण करें हम सुरपति का अभिलाष..."

मदन हुआ आश्वस्त! खिल गए होंठ
असगुन की छाया थी अब तो लुप्त
जिसके डर से काँप गए थे प्राण,
अभी-अभी था दिल का कैसा हाल!

कानों में लटकाए घुँघची-गुच्छ
विविध धातु-द्रव-अनुलेपित तन। पुष्ट
गणवेशों में प्रमथ आदि आत्मीय
घूम रहे थे इधर-उधर मुस्तैद
जितने तन थे, उतने उनके रूप
धजें अलहदा, सबके रूप विचित्र...

रति ने देखा, सिकुड़ गई चट नाक
मुश्किल से ही खुद को पाई रोक
भावान्तर को दबा गई तत्काल
आगे बढ़कर बोली दो क्षण बाद :
"भड़कीली कौड़ियाँ, विकट रुद्राक्ष
सौ-सौ जानवरों के हाड़-कलाप
पूँछ-सींग-खुर-बालों वाले खाल
कमठ-पीठ, अधजले बाँस औ' काठ
घास-फूस-तृण, फटे-पुराने चीर...
यह भूषण हैं, यही जहाँ शृंगार
उस जमात से अलग रहूँ सौ कोस
होऊँ यदि मैं सचमुच ही स्वाधीन
तुम दोनों ही लाए मुझको खींच,
दिखा रहे हो कैसे-कैसे दृश्य!"

"किन्तु आज ये दिखते हैं कुछ भद्र
मौसम का जादू ले आया रंग
देखो, लगता बदला-बदला ढंग
उधर कहीं झंकार रही है बीन
ठनक रहा है जाने किधर मृदंग
गूँज रही है वंशी-ध्वनि इस ओर

छलक उठा है नयनों में अनुराग
डाकिनियाँ भी मृदुमन दिखतीं आज
गण-मित्रों में घूम रहीं निर्द्वंद्व
चर्राया है गलबहियों का शौक
प्रिय मधु, तुमसे मान गई मैं हार
ठूँठों में कर दिया स्नेह-संचार

"ठूँठों में कर दिया स्नेह-संचार!
पक्के जादूगर हो बन्धु वसन्त
पूर्ण हुआ अब सुरपति का अभिलाष
गौरीशंकर होंगे स्मरशरबिद्ध
परिणय होगा, होगी अब संतान..."

देवदारु द्रुम-विरचित—वेदी मध्य
व्याघ्र चर्म पर पद्मासन-आसीन
शोभित हैं चिर जागरूक शिवशम्भु

अर्द्धनिमीलित नेत्र, पलक निस्पंद
अंचल मणिगोलक नासाग्रनिबद्ध
मेरुदंड अति उन्नत, कटि थिरमूल
निहित गोद में पाणि युगल उत्तान
सद्य:विकसित शुचि राजीव समान
कर्णाभूषण अभिसूत्रित रुद्राक्ष
मौलिमाल लालन लोलित युव नाग
चाट रहे पीछे से सुरसरि-फेन
रुचिर हार नागेन्द्र, नाग केयूर
नाग वलय, अंगुलिभूषण शिशुनाग
तक्षक, वासुक, शेष। सभी मौजूद

सब हाजिर हैं प्रिय पार्षद की भाँति
प्रतिपल प्रभु का चोला रहे अगोर

पारद की नदियों-सी बारम्बार
जटाजूट में दिपती सुरसरि-धार
बालचन्द्र उद्भासित लट की छोर
मंद पवन में लेती मृदुल हिलोर
कर्पूरोज्ज्वल दीपित विस्तृत भाल
झेल रहा है मानो यहाँ त्रिकाल
फुहियों की माला, किरणों का जाल

रहा देखता मन्मथ शंकाग्रस्त,
योगेश्वर शंकर की सहज समाधि
डर के मारे अनजाने ही आप
शिथिल पड़ गई फूलोंवाली चाप
आतंकित था निकट जानकर अन्त
काँप-काँप जाते थे सारे अंग
फिर-फिर पुलकोद्गम, फिर-फिर प्रस्वेद
आँखों के आगे थी फिर-फिर धुंध—
प्राणहानि की शंका से मतिशून्य
मदन हो रहा था अतिशय उद्भ्रान्त
पास खड़ी रति का भी था क्या भान!
आतंकित था निकट जानकर अन्त

लक्ष्यसिद्धि की आशा थी कुछ शेष
क्योंकि दिखा श्लथ-कम्पित भृकुटि प्रदेश
—शिव ने ताका क्योंकि उमा की ओर
क्योंकि उसी क्षण कौंध गई मृदुदीप्ति

दमक उठा गिरितनया का मुखपद्म
तभी कपोलों पर संकोच-विलास
छिटके, मानो, मिला सुखद आभास—
गौरी को प्रभु कर लेंगे स्वीकार!
लक्ष्यसिद्धि के प्रति होकर आश्वस्त
लिया मदन ने फिर से धनुष सँभाल
हुलसित रति फिर लगी फेरने हाथ
पीठ और कंधों पर बारम्बार
वापस आया पति के अन्दर ओज

"रहो यहीं तुम अनुपल मेरे पास
हों महसूस तुम्हारे सुरभित श्वास
कुंचित कुंतलराशि... मिले यदि स्पर्श
रग-रग में भर जाती है नव स्फूर्ति

"सजनि, तुम्हारी चितवन मेरे हेतु
हुई प्राणदा साबित कितनी बार
इंगितगर्भी प्यार-पगे ये बोल
श्रुति-सम्पुट में अमृत रहे हैं घोल..."
सुनकर मन्मथ के मुख से ये शब्द
गई अशुभ आशंका में वह डूब
पर, छलकाकर होंठों में मुस्कान
लगी बटाने अपने प्रिय का ध्यान
बोली :

"देखो मदन, अजी, उस ओर
उमा दे रही अभिसूत्रित कमलाक्ष
शिवशंकर करते हैं अंगीकार

सखियों ने छितरा रक्खे हैं फूल
नवपल्लव, दूर्वा-दल, कोरक-गुच्छ।
नन्दी-प्रमथ सभी हैं परम प्रसन्न
देख-देखकर मालिक के मृदु भाव...

"यह समाधि का मध्यान्तर। अभिराम—
कालखंड। दुर्लभ क्षण। उत्सवपूर्ण...
देखो, देखो, महाधवल कैलास
थिरक उठा है पाकर दशगुण दीप्ति
लखकर शिव की यह मंजुल मुखकान्ति
महारुद्र को कौन करेगा याद?

"अजी देख लो, अलग हो रहे नाग
टहल-बूलकर आ जाएँगे आप
लीलामय प्रभु का अनुपल सम्पर्क
इनमें भी तो भरता होगा ऊब!

"सफल-मनोरथ होंगे सुरपति आज
परिणय की शुभ बेला है आसन्न
देखो, इनकी मुखछवियों के रंग
देखो, इनके हाव-भाव के ढंग..."

मन्मथ ने देखा यह सब साश्चर्य
निज-दृग-युग पर हुआ नहीं विश्वास...
यातुधान की छलना थी साकार
थे वैतालिक के मायामय दृश्य

पर, तत्क्षण ही गया खुशी में डूब
लक्ष्यसिद्धि के प्रति होकर आश्वस्त

ठोकी उसने रतिरानी की पीठ
फिर दोनों हँस पड़े साथ-ही-साथ
होंठों पर तर्जनी डालकर किन्तु
चुप रहने का किया स्पष्ट संकेत

रति ने जतलाया :
"संधानो लक्ष्य!
हाँ, हाँ, बढ़िया मौका आया हाथ
मत चूको यह अवसर छोड़ो तीर..."

"अरी उधर हट, रानी, हाँ, उस ओर"—
इंगित में बोला उत्साहित काम
"प्रिये, वहीं रह, इधर-उधर मत डोल
प्रत्यंचा मैं तान चुका हूँ देख—
बस, अब तो यह तीर रहा है छूट!"

रति हट गई वहाँ से काफी दूर
रही देखती लेकिन पति की ओर
थी यद्यपि अब बाहर से आश्वस्त
किन्तु हृदय था सन्देहों से ग्रस्त
बार-बार आते थे अशुभ विचार
फड़क-फड़क उठती थी दाईं आँख

गौरी भावविभोर सलज्ज विनीत
चम्पकद्युति-तन, रक्तांशुक-परिधान
फूल-फूल थे अलंकार-विन्यास
हार वलय, मेखला...सभी थे फूल
लटके थे कानों में लघु रुद्राक्ष!

ऋतुपति के जादू का तरल प्रभाव
शिव ने भी कर लिया सहज स्वीकार
—जया और विजया थीं परम प्रसन्न
दीख रहा था सब कुछ तो अनुकूल

सखियाँ प्रभु को बीज रही थीं चौंर
गिरिजा लेकिन बाघम्बर की छोर
कंघी से कर रही बराबर स्वच्छ
झाड़ चुकी कापालिक भिक्षापात्र
अब शायद चमकाए गड़ा त्रिशूल

देख रही रति :

शिव ने बारम्बार
मूँद लिये हैं, खोल दिए हैं नेत्र
लिपट गए हैं वापस आकर नाग

सिर-सुरसरि निर्वीचि, लुप्त हैं झाग
मर्यादित है मौलिचन्द्र की ज्योति
प्रमथ आदि हो गए पूर्ववत् शिष्ट
अनुशासित-सा सहज शुभ्र कैलास
गुप-चुप देता संयम का संकेत
नीचे नत है प्रौढ़ वृषभ की पूँछ
झुके हुए हैं कान, निराकुल नाभि

देख रही रति :

शिव होंगे ध्यानस्थ
जाएँगे फिर से समाधि में डूब!
जोड़ रहे हैं, लगता, टूटा तार
जमा नहीं पाते हैं लगता, चित्त
गिरितनया की मुखछवि के अनुबिम्ब
उभर रहे हैं मन में कितनी बार!
जान-बूझकर करते हैं खिलवाड़
ध्यान-भंग में आती होगी मौज...
त्रिभुवन-भर में पा सकता है कौन
प्रभुओं की लीला का अन्तिम छोर!

विस्मित थी वह :

क्यों करता है देर!
अब तक मन्मथ चला न पाया तीर?
हो जाएँगे यदि शिव फिर ध्यानस्थ
गौरी वापस लौटेगी तत्काल...
सारी मेहनत जाएगी बेकार!
प्रिय वसन्त का जी होगा न उदास?

खीझ उठी रति रानी अपने आप
मन-ही-मन वह लगी पिलाने डाँट—
"तुम भी मन्मथ बौड़म हो क्या खूब :
लक्ष्यभेद की युक्ति गए हो भूल?
नहीं करेगा कोई अब विश्वास
रही न तुम पर सुर-समाज की आस
ऐसे ढीले-ढीले हो तुम मित्र?..."

मन-ही-मन वह रही पिलाती डाँट
मन-ही-मन थी कई क्षणों तक रंज
देख रही थी लेकिन पति की ओर
कड़ा कर लिया दिल को अबकी बार
लक्ष्यसिद्धि के प्रति लगभग आश्वस्त
अघटित घटना की खातिर तैयार
खड़ी रही वह झरने के इस पार

झुकी हुई डालों का सघन निकेत
लता-वितानों के अन्दर का कुंज :
देखा प्रभु ने खर्वाकृति सुकुमार

वीर मदन बस साध चुका है लक्ष्य
प्रत्यंचा से छूटेगा अब तीर
(पुष्प धनुष था, पुष्प पुष्प थे बाण!)

भड़क उठा कोपानल, तड़का भाल
महारुद्र निज को पाए न सँभाल
विद्युत-गति से छूटा नयन-कृशानु
हुआ प्रमाणित प्रभु का लक्ष्य अचूक
भस्म हो गया तत्क्षण मदन-शरीर
इर्द-गिर्द में व्यापी हा-हा-कार
गुंजित धरती, अनुगुंजित आकाश

गुंजित धरती, अनुगुंजित आकाश
इर्द-गिर्द में व्यापी हा-हा-कार
शेष बची थी सिर्फ देह की राख
अरे, वहीं का वहीं पड़ा था ढेर
खर्वाकृति कन्दर्प। भस्म-प्रतिमान
(राखरचित नरविग्रह संज्ञा-शून्य
डाल गया हो ज्यों कोई चुपचाप)
गण समेत शिव कहाँ गए इस बीच
सुना न देखा ऐसा अन्तर्धान...
गिरिजा गिरी विसुध ज्यों कदली-स्तम्भ
भूलुंठित थी जाने कितनी देर

पहर, घड़ी, या जाने कितना वक्त
बीता। रति का वापस आया होश
पलकें हल्की पड़ीं, खुल गई दृष्टि
टुकुर-टुकुर ताकती रही कुछ देर
सावधान उठ बैठी अपने आप
देखा पति का रूपान्तर : बीभत्स—
विहँस रहा था, गायब था शृंगार
(राख-रूप में लेटा है रसराज!)
सही परिस्थिति का पाकर अन्दाज
लगी पीटने छाती बारम्बार
हुए प्रवाहित अविरल दृगजलस्रोत
नहा रहे थे गाल और वक्षोज
चन्दन-सी लगती थी भीगी धूल

उपालम्भ के शोक-विलोलित बोल
लगे रोलने फीके-सूखे होंठ
(सब अपने थे, लेती किसका नाम!)

"छलिया निकला निखिल देव समुदाय
यों ही मैं लुट गई अभागिन, हाय

मन-ही-मन आतंकित थी, प्राणेश!
आह, अन्तत: फूट पड़ा दुर्दैव
विश्वविदित हैं सुरपति के छलछन्द
स्वामिभक्ति में भाग्य पड़ गया मंद

"प्रियतम, तुम पर हावी रहा हुलास
खुद पर था कितना ज्यादा विश्वास
मैं पुलकित थी लखकर तरल उछाह
कैसी थिरकन थी पग-पग पर आह!
तुम्हें मिला था रुद्रविजय का योग
किन्तु चढ़ गए कोपानल के भोग
छूट न पाया अरे एक भी तीर
स्वयं धनुर्धर भस्म हो गया हाय
कौन लक्ष्य था, कैसा शर-संधान
कहाँ हुए प्रलयंकर अन्तर्धान?
सच, क्या थे वह शंकर मंगलमूर्ति?
सच, क्या थे वह करुणा के अवतार?
जप-तप-संयम, था क्या सारा ढोंग?
कुसुम-सुकोमल-प्रतिपक्षी पर, हाय
बरसा दी उसने सौ मन बारूद!
कंठ नील था, दिल भी था क्या स्याह!

"तोड़ चुके हो कितनों के तप, किन्तु
अब के प्रीतम, स्वयं हुए हो खत्म
(जाने किसके आए हो तुम काम
व्यर्थ गई बलि, यश रह गया अनाम)
अबके महँगा पड़ा तुम्हें खिलवाड़

“यह तो बतला दो, हे प्राणाधार!
रहूँ तड़पती मैं अब कितनी देर
यहाँ पड़े हो मदन, भस्म-प्रतिमान
दूँ भी तो क्योंकर आलिंगन दान!
हाय, हाय, यह कैसा नियतिविधान!
तन-भर लेपूँ, रखूँ राख का मान?

“मूर्च्छित ही रह जाती मैं चिरकाल
रह जाती मैं निरवधि संज्ञाशून्य
है असह्य अब क्षण-भर भी वैधव्य
क्यों न करूँ मैं आत्मदाह तत्काल

“लोग कहेंगे :
‘मदन हो गया खाक
मगर बिलखती रही देर तक राँड़
अजी, औरतें होती हैं कठजीव
बतलाएँ भी, रति था उसका नाम...’
कौन सुनेगा मेरी यह अपकीर्ति?
(वाह, तुम्हारी प्रेयसियाँ हों तुष्ट!
कहाँ न हैं वे?
त्रिभुवन में हैं व्याप्त
सुन्दरियों के मनमोहन थे किन्तु
मेरे तो तुम जीवन के आधार...
जान जाएगा यह सारा संसार)
लो, करती हूँ आत्मदाह तत्काल

"प्रिय वसन्त, तू किधर छिपा है मीत?
ढीठ, सुना फिर विश्वविजय के गीत!
(जय-मद में दोनों रहते थे चूर...)
कैसे जानूँ, क्या है तेरा हाल!
जीवित नहीं बचा है तू भी बन्धु
सहज सखा की भाँति बन चुका भक्ष्य
महारुद्र के अंध क्रोध का; ओह!
प्रौढ़ तपोधन को सौ-सौ धिक्कार...
जीवित नहीं बचा है तू भी मीत!
(गूँज रहे कानों में जय के गीत...)

सुनता-सुनता रति के दुसह विलाप
प्रकट हुआ मधु मानो अपने आप
प्राणशून्य-सा खड़ा रहा चुपचाप

मूक हतप्रभ किंकर्तव्यविमूढ़
लुटा-पिटा-सा उत्पीड़ित संत्रस्त
यह वसन्त था शायद वही वसन्त?

रति का क्रंदन पकड़ गया फिर जोर
फिर उमड़े दुर्वारित अश्रु-प्रवाह
फूट पड़े फिर पीड़ा के आवेग

जैसे-तैसे खुद को लिया सँभाल

फिर बोली :
"हाँ, चिता सजाओ बन्धु!
करो बांधवी का अन्तिम संस्कार!

तुमने प्रियवर, हम दोनों के हेतु
जाने कितनी बार रची सुख-सेज
बिछा-बिछाकर कोमल किशलय-राशि!

मुझे जानकर एकाकी इस बार
देखो माधव, करना नहीं विलंब
झटपट मेरी चिता करो तैयार
लेप-लेपकर प्रिय के तन की राख
चिता-पटल पर जाऊँ जब मैं लेट
इस मुख में तुम करो अग्नि संयोग
मिले अनल को मलयानील का स्पर्श
फिर देखे दुनिया लपटों का नाच

"हम दोनों की स्मृति में नव सहकार
प्रतिरोपित करना तुम बन्धु वसन्त!
चपल टहनियाँ दीखें तनिक उदग्र
फूट रहे हों गंध-कषायित गुच्छ
अरुण हरितप्रभ मंजरियों के किन्तु...

"हाय, हाय! तू भी है वाणीहीन,
पथराए क्या तेरे अपलक नेत्र!
स्मृतिभ्रंश है अथवा पक्षाघात?
हाय बन्धु मधु-माधव, हाय वसन्त!
कुछ भी तो तू मेरी खातिर बोल...

"देख, लेटती हूँ मैं प्रिय के साथ!
उस छलिया का भस्मीभूत शरीर
आलिंगन में बाँध रही हूँ, देख!

"देख, कर रहीं इन प्राणों का अन्त
जन्मान्तर में दूँगी उसका साथ
फिक्र न करना, करना मुझको माफ
हमें भूल जाना तू बन्धु वसन्त!"

"कौन मदन, तुमको कर सकता नष्ट?
जयति-जयति भस्मांकुर, जयति अनंग..."

अतनु गिरा से गूँज उठा माहौल
नभ से भू तक व्याप गया अनुनाद
रति-वसन्त दोनों हो गए सतर्क
सुने उन्होंने आश्वासन के शब्द—
तीन बार उच्चारित स्फुट-गम्भीर:

"कौन मदन, तुमको कर सकता नष्ट!
जयति-जयति भस्मांकुर, जयति अनंग!
जयति-जयति रतिनाथ, कामनाकन्द!
जिजीविषा के उत्स, सृष्टि के मूल!
जयति-जयति कन्दर्प, अजय-अमेय!
कौन, मदन, तुमको कर सकता नष्ट!

"झुका रहेगा धरती पर आकाश
आँख-मिचौली खेलेंगे नक्षत्र
तिमिर-पुत्रियों का पाएँगे प्यार
शत-सहस्त्र नदियों का संगम-लाभ

सात समुद्रों को रक्खेगा शान्त
शम्भु रहेंगे गिरिजा के ही साथ..."

अतनु गिरा से गूँज उठा माहौल
नभ से क्षिति तक व्याप गया अनुनाद :

"जल्द खत्म होगा तप का यह दौर
हर-गौरी का परिणय है आसन्न
पनपेगा तेरा पति अपने आप
संग-सुखों में मदन आएगा याद—
मथित करेगा प्रभु के मन-मस्तिष्क
सच, मनोज है सर्वाधिक दुर्दान्त
सच, मनोज है सर्वाधिक जीवन्त
भस्म हुआ है बाहर-बाहर, ठीक
पर, वो तो है प्राणिमात्र में व्याप्त
भोली रति, तू हुई व्यथा में मूढ़,
करती चिता रचाने का अनुरोध!
यह वसन्त भी कैसा है मतिशून्य!"

अतनु गिरा से गूँज उठा माहौल
नभ से क्षिति तक व्याप गया अनुनाद
रति-वसन्त दोनों हो गए सतर्क
सुने उन्होंने आश्वासन के शब्द—
तीन बार उच्चारित, स्फुट-गम्भीर :

"जयति-जयति भस्मांकुर, जयति अनंग!
जिजीविषा के मूल, सृष्टि के उत्स!

जयति-जयति रतिनाथ, अजेय-अमेय!
जयति-जयति कन्दर्प कामनाबीज..."

पुलकित थी रति, ऋतुपति मोदविमूढ़
हुलसित थे दोनों मित्रों के प्राण
समदर्दी दो बन्धु, गए तब डूब
विह्वल आलिंगन में किंचित् काल
उधर गगन से कुछ ही क्षण उपरान्त
लगे बरसने हिमशीकर अविराम

स्वच्छ बर्फ की धवल-मुलायम शाल
कौन गया है इस शहीद पर डाल!
इतनी जल्दी कैसे अपने आप
रचित हो गया अरे यहाँ हिम-स्तूप
कहाँ गई रति, किधर लुप्त ऋतुराज!
माया-कानन के वे सारे दृश्य
आनन-फानन गायब हैं किस भाँति!

खत्म हो गया वह चौपहरा खेल
दीख रहे फिर चारों तरफ तुषार
गुफा भवन के निभृतकक्ष में लीन
स-परिवार नगपति हैं चिन्ताधीन
दिव्य उक्ति वह भी सुन पाते, काश!
क्षण-भर को भी बाहर आते, काश!
नभ-वाणी सुन पाते, काश, सुखान्त
जचता तनया का तारुण्य प्रशान्त
परम विज्ञ है लीलामय कैलास
खबर भेज देगा। नगपति के पास
गुफागर्भगत तपोनिरत शिवशम्भु
मदन-दहन से खुद भी हैं अनुतप्त
अतनु गिरा उनको भी होगी ज्ञात...

यह सब होगा, होगा सभी, परन्तु
जान न पाएगी गिरिजा नादान
उद्यत होगी फिर से तप के हेतु
निकल पड़ेगी फिर सखियों के साथ
अनुमति देंगे एतदर्थ माँ-बाप
कल-परसों से तप होगा आरम्भ

शमित हो चुका रूप-सुधा का दम्भ
(यदि तिल-भर भी था उसका अस्तित्व)
तरुण तापसी का प्रशान्त सौन्दर्य
खींच सकेगा निश्चय अपनी ओर
महारुद्र की महिमा को इस बार!!

परिशिष्ट-1

भस्मांकुर : भस्म में से अंकुर, भस्म के बाद पैदा होनेवाला अंकुर। ध्वंस के पश्चात् अनिवार्यतः उभरनेवाला सृष्टि का रूप। 'भस्मांकुर' से यह भी इंगित मिलता है कि मृत्यु की तुलना में जीवन की शक्तियाँ अधिक प्रबल होती हैं।

आकाशवाणी द्वारा मिलनेवाले आश्वासन में कहा गया है :

पनपेगा तेरा पति अपने आप
संग-सुखों में मदन आएगा याद
मथित करेगा प्रभु के मन-मस्तिष्क
भस्म हुआ है बाहर-बाहर ठीक
पर वो तो है प्राणिमात्र में व्याप्त...

इस काव्य का नाम 'भस्मांकुर' न होकर 'मदन पराजय', 'कन्दर्प दर्पहरण', 'काम दहन' जैसा कुछ होता तो क्या हानि थी?

हानि और तो कुछ नहीं थी; हाँ, आधुनिकता की दृष्टि से 'भस्मांकुर' नाम कुछ अधिक सांकेतिक प्रतीत होता है। शिव की विजय या कामदेव की पराजय में कवि को जीवन की अक्षय शक्ति का आभास मिला। भस्म के ढेर पर अंकुर का आविर्भाव यों भी आकर्षक लगता है।

आरम्भ की आठ पंक्तियों में वसन्त का आकस्मिक विस्फोट अभिव्यक्त हुआ। शिशिर, वसन्त और शरद—ये तीन ही ऋतुएँ ऊपरी हिमालय में होती हैं। कैलास यदि कहीं हिमालय की तलहटियों में होता तो वहाँ वसन्त के

कुछ और ही नजारे होते। कालिदास के शब्दों में हिमगिरि पूर्व से पश्चिम की ओर लंबा लेटा हुआ है। वह धरती को नापने का लंबा डंडा है... ("पूर्वापरौ तोयनिधी वगाह्य स्थितः पृथिव्या इव मानदंडः"—कुमारसम्भव) अफगानिस्तान से लेकर बर्मा तक हिमालय के ऊँचे पठार फैले हुए हैं। कैलास-शिखर अल्मोड़ा से सीधे उत्तर, लगभग डेढ़ सौ मील आगे पड़ता है। अक्टूबर से मार्च तक कैलास बर्फ से ढँका रहता है। मई-जून-जुलाई-अगस्त-सितम्बर के महीने वसन्त और शरद की संक्षिप्त झलक देते हैं। अन्तर्राष्ट्रीय राजनीति की विडम्बनाओं के कारण कैलास सम्प्रति हमारे लिए 'अगम्य' बन गया है। हम किसी भी रूप में वहाँ जा नहीं सकते! हाँ, अपने प्राचीन साहित्य में और पौराणिक आख्यानों में अब भी हमें कैलास की झाँकियाँ मिल सकती हैं। काश्मीर, हिमाचल प्रदेश, उत्तर प्रदेश आदि हमारे कई 'राज्य' हैं, जहाँ तुषारावृत्त हिम-स्राव देखकर हमें छोटे-छोटे कैलासों का अन्दाज मिल सकता है...

'भस्मांकुर' के कथाक्षेत्र की भौगोलिक स्थिति जानने के लिए हमें हिमालय का मानचित्र अवश्य देख लेना चाहिए। कालिदास ने 'कुमारसम्भव' के आरम्भ में हिमालय की भव्य प्रशस्तियाँ दी हैं, उनसे परिचित रहना हमारे लिए लाभदायक ही रहेगा। (देखिए, परिशिष्ट-2)

कैलास-अंचल में वसन्त का आकस्मिक आविर्भाव हुआ, उससे पहले की घटना यहाँ 'कुमारसम्भव' से उद्धृत की जाती है—

"अब तुम ऐसा प्रयास करो कि समाधि-मग्न शिव का मन पार्वती के प्रति आकर्षित हो उठे...गुप्तचर का काम करनेवाली अप्सराओं के मुँह से हमने सुना है कि पार्वती अपने पिता की अनुमति लेकर शिव की परिचर्या कर ही है... तुम जाओ, देवताओं का यह काम कर डालो! तुम्हारे भरोसे यह काम अटका पड़ा है। जैसे बीज को अंकुर बनने के लिए जल की आवश्यकता पड़ती है, ठीक उसी प्रकार यहाँ तुम्हारी सहायता अपेक्षित है। इस काम में तुम्हारा धनुष तो अपना काम करेगा ही, परन्तु उससे किसी की हिंसा नहीं होगी। तुम्हारे तीर की यही तो विशेषता है। तुम्हारी यह अतुल सामर्थ्य सुर-समाज में सभी के लिए स्पृहणीय है...

"हे कामदेव, वसन्त तो तुम्हारा चिरसखा है ही, इसीलिए हमने उसका नाम नहीं लिया। वह तो साथ रहेगा ही। पवन से यह थोड़े ही कहा जाता है कि तुम जाकर आग की सहायता करो!

"जैसी आज्ञा—कामदेव ने इन्द्र का आदेश सिर झुकाकर मान लिया, उपहार में मिली हुई माला की तरह...सुरेश्वर इन्द्र ने मदन की पीठ पर हाथ फेरकर उसे उत्साहित किया!

"उसने निश्चय कर लिया कि मैं अपने प्राण देकर भी देवताओं का यह काम पूरा करूँगा...फिर वह वसन्त को साथ लेकर उधर चल पड़ा, जिधर शिवजी बैठे तपस्या कर रहे थे...उन दोनों के पीछे-पीछे बेचारी रति भी मन-ही-मन डरती-सहमती चली जा रही थी कि आज जाने क्या होनेवाला है!...

"उस वन में पहुँचकर मुनियों के चित्त को डिगानेवाला और कामदेव की सहायता का घमंड करनेवाला वसन्त अपनी समूची सामर्थ्य लगाकर चारों ओर अचानक (जादूगर की भाँति) छा गया..."

बस, यहीं से इस कथाकाव्य का आरम्भ होता है। मात्र आठ पंक्तियों में वसन्त का आकस्मिक विस्फोट अभिव्यक्त हो गया है। इस प्रकार का अति संक्षिप्त आमुख नाटकीयता का आभास देता है...

तत्पश्चात् छह-छह पंक्तियों की पाँच प्रगीतात्मक स्वगतोक्तियाँ आई हैं : वसन्त, मलयानील, कोकिल, भ्रमर और झिल्ली (झींगुर)...इन लघु मुक्तकों से एक प्रकार का दृढ़-विश्वास झलकता है कि कामदेव अपने अभियान में अवश्य सफल होगा।

वसन्त के आकस्मिक इस आविर्भाव ने प्राणी-जगत् में उथल-पुथल मचा दी है। हिरनी मंत्रमुग्ध-सी खड़ी है, हरिण उसकी गर्दन सहला रहा है—कभी दाहिने सींग से, कभी बाएँ सींग से...वह मानो उछलना-कूदना भूल गई है!

कालिदास ने यहाँ कहा था—

शृंगेण चस्पर्श निमीलिताक्षीं
मृगीम् अकंडूयत कृष्णसार:!

(काला हरिण अपनी उस हरिणी को सींग से खुजलाने लगा जो उसके स्पर्श का सुख लेती हुई आँखें मूँदे बैठी थी...)

खरगोश के जोड़े उछल-उछलकर घासों को रौंद रहे हैं। उनकी भूख-प्यास जाने कहाँ गायब हो गई है!

विस्मयाविमोहित पार्वती ने प्रकृति में आकस्मिक परिवर्तन देखा तो कुछ भी समझ नहीं पाई...पहले कभी शिशिर-मध्य में बर्फ नहीं पिघला था, वृक्षों की सूखी छालें कभी अकस्मात् हरी नहीं हुई थीं...काँटोंवाली सूखी झाड़ियाँ पहले एकाएक कभी हरी नहीं हुई थीं! बूढ़े वनस्पतियों की लताओं ने इस तरह कभी आलिंगित नहीं किया था!...

वसन्त-वर्णन में 'भस्मांकुर' का रचनाकार अत्यन्त संयम का परिचय देता है। उसे भली-भाँति पता है कि हिमाद्रि के ऊपरी अंचल में वसन्त थोड़े ही दिनों के लिए आता है, मैदानी अंचलों का वसन्ती-चमत्कार वहाँ तक कभी नहीं पहुँच पाता!

बर्फ-ढकी घाटियों में सैकड़ों प्रकार के फूल खिले हैं :

वर्ण-गंध थे जिनके अमित-असीम
जान न पाई उन फूलों के लाभ
आगे-पीछे शैलश्रृंग हिम-शुभ्र
पल-पल पुलकन भरते शिशिर समीर
बर्फ-बर्फ सब ओर, नहीं है नीर...

स्पष्ट है कि वसन्त-वैभव कैलास-क्षेत्र में ठीक उसी प्रकार नहीं दीख पड़ेगा, जिस प्रकार इधर-उधर हमें दिखाए जाते रहे हैं। कैलास की तो बात अलग रखिए, बद्रीनाथ-केदारनाथ अथवा गुलमर्ग-खिलनमर्ग-अमरनाथ अथवा कुलू-मनाली-स्पीति-लाहुल-लद्दाख-लेह तक भी जो व्यक्ति घूम-फिर आया है, उससे इस बर्फीले वसन्त की असलियत के बारे में पूछा जा सकता है।

किशोरी पार्वती ने रात्रिशेष में सपने देखे हैं। स्वप्न में वह अपने को तरुण शम्भु के साथ देख रही है। स्वप्न-दर्शन के ये चारों प्रसंग बड़े ही सहज ढंग से 'भस्मांकुर'

के कवि ने हमारे सामने रखे हैं। स्वप्न की ये बातें कवि की मौलिक उद्भावना है और युगदृष्टि से मेल खाती है।

भारतीय परम्परा में कहीं भी तरुण शम्भु की चर्चा नहीं आती। हिमालय की पुत्री लेकिन किशोरावस्था में ही दिखलाई गई है। वह प्रतिदिन प्रौढ़ शंकर की परिचर्या के लिए अपनी दोनों सखियों के साथ समाधिस्थल में जाती है। पार्वती शिव के प्रति सर्वथा अर्पित पाती है अपने को। दुविधा या संशय की कोई गुंजाइश नहीं है यहाँ। परन्तु यह भी शायद नैसर्गिक विकृतियों का अनागत चमत्कार है कि आज, रात के पिछले पहर में उसने स्वप्न में कई बार कई रूपों में तरुण शंकर के साथ अपने को पाया। कवि ने यहाँ पार्वती को देवपुत्री या देवी की भूमिका में नहीं रखा, वह उसे पर्वत-पुत्री को मानवी की सहज भूमि पर उतार लाया है...तभी तो वह इस प्रकार के सपने देख सकी! अवचेतन में दबी हुई 'तरुण वल्लभ' पाने की लालसा पार्वती को आधुनिक कुमारी कन्या का रूपक प्रदान करती है! निश्चय ही यह कालिदास-वाली पार्वती नहीं हो सकती, इस प्रतिमा का निर्माण तो आज का कवि ही कर सकता था! वास्तविक भासित होनेवाले ये सपने पार्वती को अनजाने की मानव-परिधि के अन्दर खींच लाए हैं।

आगे चलकर हम देखेंगे कि किशोरी के प्रति कामदेव की पत्नी रति के हृदय में असीम सहानुभूति है। रति की यह हमदर्दी छिपी नहीं रहती, प्रकट हो जाती है :

रति ने कहा : उमा का यह सौन्दर्य
लगता है मुझको भी विरल, अपूर्व
पर, तुमने तो, ओ हे प्राणाधार,
मुनि-मन मथित किए हैं सौ-सौ बार!
बतलाओ, क्या रह जाता है शेष
जरठ हृदय में बिन्दुमात्र भी स्नेह?
मुझको तो, प्रिय, लगता है बेकार
सारा नाटक। आखिर वह सुकुमारि
क्यों बूढ़े को करने लगी पसन्द?

क्या अनमेल समागम है अनिवार्य!
सुर-समाज की बुद्धि हो गई भ्रष्ट!
करते हैं कैसे-कैसे खिलवाड़
नाहक ही ये ब्रह्मा-विष्णु-महेश...

(पृष्ठ 20)

काम, वसन्त और रति—यही तीन मुख्य पात्र हैं इस कथा-काव्य के। इन तीनों में भी सर्वाधिक संवेदनशील, सर्वाधिक मुखर है रति। अन्ततः झेलना भी तो उसी को पड़ता है सारा कुछ...

पार्वती दिखाई तो आदि से अन्त तक पड़ती है, लेकिन बातें कम-सम ही करती है। सपनों के बारे में सखियों से सब कुछ बतला दिया था, फिर कुछ नहीं बोली। सखियों (जया-विजया) की बातचीत पार्वती से दुबारा नहीं होती। शिवजी तो एक बार भी अपना मुँह नहीं खोल सके...हाँ, कामदेव और वसन्त की आपसी बातें बार-बार सुनाई पड़ी हैं।

यह आसानी से कहा जा सकता है कि एक अच्छा-भला प्रबंध-काव्य यहाँ लघु-काव्य या खंड-काव्य के रूप में हमारे समक्ष रख दिया गया है। 'भस्मांकुर' के वर्णनोंवाले अंश शब्दशिल्प की दृष्टि से बड़े सुगठित बन पड़े हैं। खोजने पर साहित्य-रसिकों को शब्दालंकार और अर्थालंकार स्थान-स्थान पर मिल ही जाएँगे। आधुनिक काव्यों में ऐसी प्रामाणिक और व्यंजना-लक्षणपूर्ण भाषा का प्रयोग दो ही चार कवियों ने किया है। कथोपकथन वाले अंश बड़ी ही सरलता से गुम्फित हुए हैं। बातचीत के सिलसिले में संस्कृत शब्दों के साथ ही अरबी-फारसी शब्द भी यत्र-तत्र आ गए हैं। विद्यापति से लेकर तुलसीदास तक—श्रीधर पाठक से लेकर निराला तक—सभी ने ऐसा किया है।

कालिदास की रति अन्त में विलाप करती है। उसके बारे में कहा तो अवश्य गया था कि डरती-सहमती-सी वह अपने पति के साथ चल पड़ी थी। परन्तु बीच में कालिदास ने रति को कहीं याद नहीं किया।

यहाँ 'भस्मांकुर' में कामदेव को अनुक्षण रति का सक्रिय साहचर्य उपलब्ध है...कामदेव का चित्र अनिष्ट की आशंका से उद्विग्न है। यहाँ

'रामचरितमानस' के उस अंगद की याद आ जाती है जिसके सम्बन्ध में महाकवि तुलसीदास ने कहा है :

अंगद कहैं जाउँ मैं पारा।
कछु संसय मोहि फिरती बारा॥

रति भी अन्दर-अन्दर विकल है। हाँ, ऊपर-ऊपर दोनों हँसते-बोलते हैं। प्रयास यही रहता है कि एक-दूसरे को प्रसन्न, पुलकित रखें; उत्साह में जरा भी कमी न आने पाए!

लेकिन प्रयास से क्या होता है! जी की धुकधुकी बीच-बीच में प्रकट हो जाती है, आँखों की पुतलियों में तैर आती है वह...

रखकर पति के कंधों पर मृदु हाथ
आँखों में दी आँखें रति ने डाल
दो-दो दृगमणि, चारों की द्युति एक
अन्तर उर के तरल स्निग्ध प्रतिरूप
तैर रहे थे उनमें बारम्बार
भासित हुई मदन को कुछ क्षण बाद
संशयमिश्रित भय की हल्की छाँह
स्पंदित चम्पक पंखड़ियों के बीच
दो मणिगोलक चमके शंकाश्याम
छिपा न पाई भीतर का आतंक
मलिनमुखी रति पास आ गई और
झट से झुककर लिया मदन ने थाम
काँप रहा था रति का मृदुल-शरीर...

फिर वह संज्ञाशून्य हो जाती है, फिर उसका शीतोपचार होता है, होश में आती है तो मित्र वसन्त को सामने खड़ा पाती है...वह कहता है :

क्षण-भर में तुम हो जाओगी स्वस्थ
यह कुबेर-अधिवासित हिमगिरिगोद
यहाँ सुलभ हैं केवल मोद-प्रमोद—

कामदेव का प्रिय सखा (वसन्त) जादूगर-सरीखा असीम सामर्थ्य का धनी होने के साथ ही अचूक विनोद-वृत्ति का भी उत्स है। देवाधिदेव शिव पर इसने स्थान-स्थान पर व्यंग्य किया है...शंकर की सम्प्रभुता पर प्रच्छन्न कटाक्ष 'भस्मांकुर' में कई बार किए गए हैं।

आस्थावान् शैव पाठकों को दृष्टि में रखकर यदि कोई श्रद्धालु शैव कवि इसी विषय पर रचना तैयार करता तो वह और ही प्रकार की वस्तु होती। परन्तु यह भी परम सत्य है कि संस्कृत-प्राकृत-अपभ्रंश से लेकर क्षेत्रीय भाषाओं तक में 'बंभोले बाबा' की जितनी फजीहत कवियों ने की है, उसकी तुलना में 'भस्मांकुर' की वक्रोक्तियाँ सात्त्विक ही मानी जाएँगी।

परिशिष्ट-2

आदि वैदिक युग का 'रुद्र' पौराणिक काल तक आते-आते 'शिव' बन बैठा। देवाधिदेव और महादेव आरम्भ में नहीं था। ऋग्वेदकाल में रुद्र का महत्त्व इन्द्र के बराबर था, यह लगभग निश्चित प्रतीत होता है।

मरुत् (गण) इन्द्र के साथी थे, रुद्र मरुतों का पूर्वज था क्योंकि ऋग्वेद में ढेर सारी ऋचाएँ रुद्र की हैं।

यजुर्वेद का युग आते-आते स्थिति बदल गई होगी। उसमें एक ही रुद्र नहीं, अनेक रुद्र मिलते हैं। 'शतरुद्रीय' से कुछ उद्धरण, अनूदित रूप में, यहाँ दे रहे हैं :

"हे रुद्र, तेरे क्रोध को नमस्कार। तेरे बाण को नमस्कार। धनुष धारण करनेवाले, तुझे नमस्कार। ...हे नीलग्रीव, सहस्राक्ष, वृष्टिकर्ता, तुझे नमस्कार। अपने धनुष का शर-संधान मुझ पर न होने दे। अपना तरकश हमसे दूर रख।

"हरिण्यबाहु को, सेनापति को, दिशाओं के स्वामी को नमस्कार।

"धनुर्धारी को नमस्कार। चोरों के अधिपति (सरदार) को नमस्कार। डाकुओं के सरदार को नमस्कार।

"गणों को, गणपतियों को, तुम लोगों को नमस्कार। बड़ों को, छोटों को, तुम लोगों को नमस्कार। रथवालों को, बिना रथवालों को, तुम लोगों को नमस्कार। सेनाओं को, सेनापतियों को, तुम लोगों को नमस्कार। बढ़इयों को, रथ तैयार करनेवालों को, तुम लोगों को नमस्कार। कुम्हार को, लुहारों को, तुम लोगों को नमस्कार। शिकार करनेवालों को, कुत्ते पालनेवालों को, तुम लोगों को नमस्कार। कुत्तों को, कुत्तों के मालिकों को, तुम लोगों को नमस्कार...

"सोम को नमस्कार। रुद्र को नमस्कार। उग्र और भीम को नमस्कार। पशुपति को नमस्कार..."

रुद्र की यह स्तुति (शतरुद्री) आज भी बहुत लोकप्रिय है। शहद-दूध आदि से शिव का अभिषेक करते समय 'शतरुद्री' का पूरा पारायण चलता है, यजमान तगड़ा हुआ तो सारा-सारा दिन चलता रहता है।

सीमान्त अंचलों में, कबीलों के बीच, जो भी देवता पूजे जाते थे, धीरे-धीरे उन सभी को 'रुद्र' की परिधि में समेट लिया गया।

अथर्ववेद के युग में 'भव', 'शर्व' आदि का रुद्रत्व प्रदान किया जा चुका था। पृथ्वी, जल, अग्नि, वायु आदि आठ मूर्तियोंवाला 'महादेव' उपनिषदों के समय में प्रतिष्ठालाभ कर बैठा था। कालिदास ने 'अभिज्ञान शाकुंतलम्' के मंगलाचरण वाले श्लोक में कहा है : "जल, अग्नि, होता, सूर्य, चन्द्र, आकाश, पृथ्वी और वायु—इन आठ रूपों में जो भगवान् शिव सबको दिखाई देते हैं, वह आप लोगों का कल्याण करें।"

पहले युगों में जो रुद्र तमोगुणवाली शक्तियों का प्रतिनिधि देवता था, वही बादवाले युगों में रजोगुणवाली शक्तियों का देवता बन बैठा। 'महादेव' का परिवार भी बहुत बड़ा हो गया। उनमें देवों-देवियों, यक्षों, गंधर्वों, विद्याधरों, पिशाचों, प्रेतों, डाकिनियों का समावेश होता गया। रावण और भस्मासुर जैसे दानव भी शिव के कृपापात्र थे। सजा देने के बाद कामदेव को भी महादेव ने अपना अनुचर बना लिया।

शक राजाओं—राजपुरुषों में इस 'रुद्र-शिव' के लिए असीम आदर-भाव था। बाद में उनकी भक्ति-भावना में बुद्ध भी साझेदार हुए।

शम्भु-शितिकंठ, शिव, महेश, महारुद्र, शंकर, देवाधिदेव, प्रलयंकर...इस प्रकार महादेव के आठ-दस पर्याय 'भस्मांकुर' में आए हैं। संस्कृत के सर्वाधिक लोकप्रिय कोष-ग्रंथ 'अमरकोष' में शिव के 48 पर्याय मिलते हैं। इन नामों के अतिरिक्त अन्यान्य सैकड़ों नाम तो प्रचलित हैं ही, कामदेव से जुड़े हुए कुछ-एक नाम शिव के मिलते हैं : कामेश्वर, मदनेश्वर, मन्मथनाथ आदि...इससे यही प्रतीत होता है कि 'महाप्रभु' ने कामदेव को जलाया नहीं था। लीला की थी, खिलवाड़ किया था...

"उमा, कात्यायनी, गौरी, काली, हैमवती, ईश्वरी, शिवा, भवानी, रुद्राणी, शर्वाणी, सर्वमंगला, अपर्णा, पार्वती, दुर्गा, मृदानी, चंडिका और अम्बिका"—इतने नाम हिमालय की पुत्री के मिलते हैं (अमरकोष में)...निश्चय ही 'महादेव' के साथ

'महादेवी' की भी प्रतिष्ठा बढ़ती गई। हमारे आरण्य समाजों और ग्रामीण समाजों की बदलती आस्थाओं के अनुसार देवियों को देवों के साथ कर दिया गया। लोकमाताओं के लिए लोकपिता अनिवार्य हो उठे! 'देवाधिदेव' के 'अर्धनारीश्वर' विग्रह की कल्पना तो हमारे पौराणिक दिल-दिमाग की विशिष्ट उपज थी ही!

कामदेव के इक्कीस नाम 'अमरकोष' में आए हैं : मदन, मन्मथ, मार, कन्दर्प, अनंग, काम, पंचशर आदि।

मदन वस्तुत: प्रेम का अधिष्ठाता है। ब्रह्मा-विष्णु-महेश आदि की तरह वह प्रमुख देवता नहीं है। उसकी हैसियत छोटी है। फिर भी, उसके बिना देव-समाज अधूरा रह जाता।

कामदेव ब्रह्मा का मानसपुत्र है। पैदा होते ही देखा गया कि वह अति सुन्दर है। उसके अंग-अंग से खुशबू आ रही थी...

ब्रह्मा को प्रणाम करके कामदेव ने पूछा—"मेरे क्या कर्तव्य होंगे, कौन-सा दायित्व आप मुझ पर डालेंगे?"

"अपने पुष्प-बाणों से तू स्त्रियों और पुरुषों को मोहित किया करना।" ब्रह्म देव ने उससे कहा—"मैं तुझे आशीष देता हूँ, विष्णु-शिव आदि सभी देवगण तेरे अधीन होंगे..."

कामदेव ने सोचा : ब्रह्मा के इस वर की शक्ति का अन्दाज मैं अभी-अभी क्यों न ले लूँ?

उसने धनुष की डोरी तानकर तीर को भिड़ाया ही था कि ब्रह्मा के अन्यान्य मानसपुत्र (दक्ष आदि) विकारग्रस्त हो उठे। ब्रह्मदेव की मानस कन्या संध्या अपने उन भाइयों पर मोहित हो गई। आश्चर्य की बात यह और हुई कि ब्रह्मा स्वयं ही अपनी पुत्री पर रीझ गए...वह भागी तो चार मुखोंवाले यह विधाता भी उसके पीछे-पीछे भागने लगे!

इस दुर्घटना से क्षुब्ध होकर शंकर ने ब्रह्मा को फटकारा। विकार का मूल हेतु जानकर ब्रह्मा ने कामदेव को शाप दिया—"तू रुद्र की तीसरी आँख से निकली हुई ज्वाला में भस्म हो जाएगा...यह रुद्र ही तेरा संहार करेंगे।"

फिर मदन ने ब्रह्मा से कहा—"आप तो नाहक ही मुझ पर अपना गुस्सा झाड़ते हो! मैंने कोई अपराध नहीं किया है। खुद आपने ही तो मुझे ऐसा वर दिया है। मैं उसकी जाँच कर रहा था..."

ब्रह्मा ने कामदेव को शाप-मुक्ति का आश्वासन दिया और बोले—"शिव जब पार्वती को पत्नी के रूप में स्वीकार करेंगे, उसी समय तुझे नया शरीर प्राप्त होगा..."

काम की पत्नी रति प्रजापति दक्ष की पुत्री है। अपने सौन्दर्य और कोमल स्वभाव के लिए उसकी बड़ी ख्याति है। रति एक क्षण भी मदन से अलग नहीं रह सकती।

वसन्त मदन का अनन्य मित्र है। तोता उसका वाहन है।

कामदेव का धनुष गन्ने (इक्षु) का माना गया है। जिन पाँच फूलों से वह बाणों का काम लेता है, वे हैं : अरविंद, अशोक, आम्रमंजरी, मल्लिका (बेला या जुही) और नीलकमल। भावनात्मक स्तर पर इन तीरों के नाम हैं : उन्मादन, तापन, शोषण, स्तम्भन, और सम्मोहन...

पुराने युगों में नगरों के बाहर, उद्यानों में (कहीं-कहीं नगरों के मध्य भाग में भी) कामदेव के मंदिर हुआ करते थे। उज्जैन में इस प्रकार का एक मदन-मंदिर था, ऐसा उल्लेख 'मृच्छकटिक' नाटक में मिलता है। सम्राट् हर्षवर्धन की बहन (राज्यश्री) के कौतुकगृह में, एक ओर कामदेव के और दूसरी ओर रति-प्रीति के चित्र अंकित थे—यह तथ्य हमें महाकवि बाणभट्ट के 'हर्षचरित' से ज्ञात होता है। कामदेव की प्रतिमा कैसी होनी चाहिए, इसका निर्देश 'विष्णुधर्मोत्तर पुराण' में मिलता है : "आठ बाँहोंवाले कामदेव का रूप अनुपम ही होना चाहिए... शंख-पद्म-चाप-बाण चार हाथों में...रति-प्रीति-शक्ति-मत्तता (मदशक्ति) उसकी चार पत्नियाँ होंगी; चारों के वक्ष:स्थलों पर उसके बाकी चार हाथ होंगे। सबकी आँखें मदमस्त दिखानी होंगी। झंडे पर मगर होगा..."

बुद्ध की साधना में 'मार' ने भारी उत्पात मचाए थे। मार की तुलना में यह कामदेव तो अहिंसक ही कहा जाएगा। कोष में यद्यपि 'मार' कामदेव का ही पर्याय बतलाया गया है, परन्तु महाकवि अश्वघोष ने 'बुद्धचरित' में 'मार' का जो रूप दिखलाया है, वह बड़ा ही विकराल है...।

गीता में काम को 'महाशनो महापाप्मा' (महाभुक्खड़, महापापी) कहा है, अंधी वासना का सत्यानाशी प्रतीक!

दूसरी ओर काम भारतीय वाङ्मय में सर्जनामूलक उद्दाम आकांक्षा के तौर पर बहुधा चर्चित होता रहा है। 'धर्म-अर्थ-काम-मोक्ष' में वही काम तो है। शिव ने 'अनंग' की निराकार महिमा अंगीकार कर ली थी, यह वही 'काम' था।

अर्थ एवं टिप्पणी

पृष्ठ 33

लतावितान—लताओं का आच्छादन; बेलों की छतनार झुरमुट।

मुकुलोद्‌गम—कलियों का फूटना।

कलिकाकोर—कलियों की पंखुड़ियों की नोकें।

दखिन पवन—दक्षिण समीर; मलयानील। वसन्त-ऋतु में जो पवन दक्षिण की ओर से चलता है, कवियों की भावना के अनुसार वह बहुत उद्‌दीपक होता है।

पृष्ठ 34

मदनसखा—कामदेव का मित्र।

उद्‌भिद—सम्पूर्ण वनस्पति-जातियाँ (तरु, लता, तृण, गाँठवाले कन्द, मिट्टी के अन्दर दबे रहनेवाले अंकुर, यहाँ तक कि आकाश-बेल पर्यन्त) उद्‌भिद कहलाती हैं।

मनुहार—अनुनय; मनाने के लिए की जानेवाली विनती।

हुलसित—उल्लसित।

मृगमद—कस्तूरी (हिरण की नाभि से उत्पन्न होने के कारण ही यह 'मृगमद' कहलाती है)।

उशीर—खस (यह एक घास होती है जिसकी जड़ों में शीतल सुगंध होती है। सूखने पर भी भिगोकर गर्मियों में लोग शीतलता के लिए इसका प्रयोग करते हैं)।

नर-कोकिल—पिक; कहते हैं, मादा कोयल की आवाज आकर्षक नहीं होती है। वस्तुतः वह नर-कोकिल ही होता है, जिसकी कूक पंचम तान कहलाती है।

पृष्ठ 35

चटुल—चंचल; चटुल शब्द से चाटुकार एवं चंचल दोनों अर्थों का इंगित होता है।

गंधर्व—देवताओं की अत्यन्त सुन्दर जाति, जो अपनी नृत्य, वाद्य, गायन आदि ललित-कलाओं के लिए विख्यात रही हैं। इनकी दो श्रेणियों का उल्लेख मिलता है—दिव्य और मर्त्य।

झिल्ली—झींगुरों की सम्मिलित आवाज अपनी अनवरत लयबद्धता के लिए विख्यात है। अमराइयों से हजार-हजार झींगुर अपनी एकतान मीठी झंकृतियों से वसन्त-ऋतु को और भी सुहावना बनाते हैं।

स्वर-संहति—स्वर-समूह; स्वर-सामंजस्य।

पृष्ठ 36

उत्कर्ण—उठे हुए कानोंवाला। मन जब आवेग में होता है (उमंग या आतंक की स्थितियों में) तो हरिण-हरिणियों के कान खड़े हो जाते हैं।

ग्रीवा-मूल—गर्दन का मूल-प्रदेश; कंधों के पास।

निमीलित—बन्द; मुँदे हुए।

बेभान—बेखबर।
नासापुट—नथुने।
गंध-संधान—गंध का पता लगा।
शशक-युग्म—खरगोशों के जोड़े।
विद्रुमवर्णी—मूँगे की तरह के लाल।

पृष्ठ 37
समतूल—बराबर अनुपातोंवाला।
लुनाई—सलोनापन; लावण्य।
प्रतिमित—मूर्तिमान; प्रतिमाबद्ध।
चित्रकार-तूली-उन्मीलित—चित्रकार की कूँचियों द्वारा निखरा हुआ।
सुविभाजित—सुडौल।
अवदात—चमकीला; सुन्दर।
शोभा-धाम—सौन्दर्य का भंडार।
प्रतिभासित—प्रतिफलित; प्रतिबिम्बित।
वय:संधि—बारह से लेकर पन्द्रह तक की आयु (लड़कियों के लिए) वय:संधि मानी जाती है। परन्तु ठंडे प्रदेशों में वय:संधि की यह सीमा पन्द्रह से बीस वर्ष की आयु तक देखी गई है।

पृष्ठ 38
अचम्भित—आश्चर्यान्वित।
ऋतु-व्यतिक्रम—मौसम की गड़बड़ी।
नैसर्गिक—प्राकृतिक।
उद्भिन्न—विकासोन्मुख। अभी-अभी फूटा हुआ।
टूसे—पल्लवों के नवांकुर; कलियों के कल्ले।
छतनार—छायादार।
दीर्घ प्रलंबित—बड़े और लंबे।

पृष्ठ 39
छुअन—स्पर्श।
हरित सुधा—हरियाली का अमृत।
अपत—पत्रहीन।
कटीली—काँटोंवाली।
आच्छन्न—ढका हुआ।
मधुछत्र—शहद का छत्ता।

पृष्ठ 40
रात्रिशेष—रात का पिछला पहर। कहते हैं रात्रिशेष में देखे हुए सपने सत्य होते हैं।
कस्तूरी-मृग-छाल—कस्तूरीवाले हरिण की खाल, जिसे योगासन के लिए पवित्र माना गया है।
सपोले—साँप के बच्चे।
रजतदंड—चाँदी के डंडेवाला त्रिशूल, जिसके अगले तीनों छोर स्वर्णमय हैं।
मणिकुट्टिम—रत्नों से खचित शिलातल।
तन्मध्य—उसके बीचोबीच।
अधित्यका—पहाड़ की ऊपरी चोटियों के मध्य स्थित अंचल। इसे भूगोल की आधुनिक शब्दावली में 'टेबुल लैंड' कहते हैं।
लीला पद्म—ताजा कमल, जो शौकिया तौर पर हाथ में रखा जाए।
व्रीड़ा-विगलित—लज्जा या संकोच में कम्पित, किंवा शिथिल।

पृष्ठ 41
बंधुर-गिरिपथ—ऊँचे-नीचे (विषम) पहाड़ी रास्ते।
हिम प्रान्तर—बर्फ से ढका पठार।
सानु—शिखर।
कनकाभ—स्वर्णिम आभावाला।
शिशिर समीर—बर्फीली हवा।

पृष्ठ 42
मृगमदवासित—हिमालय के ऊपरी इलाकों में गुफाएँ (सहज या निर्मित्त) कुटियों का काम देती हैं। इन गुफा-गृहों में जब कस्तूरी-मृग बैठते हैं, तो कई-कई दिनों तक उन गुफा-गृहों से सुगंध आती रहती है।

क्लान्ति-परिहार— थकावट दूर करेंगे।
त्वरित— फुर्तीली; तीव्र।
मार गया है काठ— सुन्न हो गया है।
वल्कल वसन— आदिम युगों में (या अब भी आदिवासी अंचलों में) पेड़ की छाल वस्त्रों के रूप में प्रयुक्त की जाती थी।
ग्रीवाभंग— गर्दन की लचक।
विजया और जया— पार्वती की दो सखियाँ जो तपस्या के समय निरन्तर उसके साथ रहीं। कहा गया है कि ये दोनों सखियाँ वन-देवियाँ थीं।

पृष्ठ 43
सर्प-स्पर्श-सुख— साँपों की त्वचा बेहद चिकनी होती है। इसी से पालतू साँपों को अपने अंगों से सटाकर रखने में आनन्द आता रहा होगा।
नर्म-परिहास— हल्के-फुल्के मजाक; चुहल।
हैमवती— पार्वती। हिमवान् की पुत्री।

पृष्ठ 44
छवि-सम्भार— शोभा-समृद्धि।
गंध-बंधुर— कभी कम और कभी अधिक सुगंधि से भरा हुआ।
त्वरा-भरित— तीव्र गतिवाले; वेगमय।
नन्दन-वन— स्वर्ग-लोक का विशिष्ट उद्यान। पुराणों में नन्दन-वन की महिमा के बखान में बहुत कुछ कहा गया है। वहाँ आकाश-गंगा में सुनहले कमल खिलते हैं; कल्पवृक्ष होता है जो सदैव आकांक्षाओं के अनुसार सब कुछ देने को उद्यत रहता है। वहाँ कामधेनु होती है। नन्दनवन में देव-कुमार अप्सराओं के साथ और देव-कन्याएँ गंधर्वों के साथ विहार करते रहते हैं।
सहभोगी— भोग का साथी।
सांग— स्वजन समेत, वाहन सहित, अपने सारे अस्त्र-शस्त्रों के साथ।

पृष्ठ 45
रागारुण शितिकंठ— प्रीति-दीप्त नीलकंठ।
गिरि-तनया— पार्वती।
युगनद्ध— भोगकालीन मुद्राओं में परस्पर गुँथे हुए। काम-केलिरत तरुण-तरुणियों के जोड़े प्राचीन काव्यों एवं कलाकृतियों में यत्र-तत्र पाए जाते हैं।
व्यवधान— अन्तर, फासला, दूरी।
गौरीनन्दन— पार्वती-पुत्र, कार्तिकेय (गणेश भी गौरीनन्दन कहलाते हैं, जोकि कार्तिकेय के अनुज हैं)।
तारक— हजारों वर्ष की तपस्या करने पर यह महादानव ऐसा प्रतापी हो गया कि सारे देवगण उससे आतंकित रहने लगे। उसे ब्रह्माजी का वरदान था कि उसके समान दूसरा कोई बली न होगा और शिव के औरस पुत्र को छोड़कर और किसी के हाथों वह मारा नहीं जा सकेगा।
कृतकृत्य— सफल; कृतार्थ।
कुसुमाकर— वसन्त।

पृष्ठ 46
परिवेश— माहौल; चारों ओर का वातावरण।
शिलीभूत तुहिनों से— पथराई हुई बर्फों से।
मायाकानन— जादुई प्रभाव से दिखनेवाला जंगल; कृत्रिम वन।
धवलाद्रि— कैलास पर्वत; धौलागिरि।
शिलोच्चय— शिलाओं के ढेर; चट्टानों के सिलसिले।
प्रभातरल प्रतिबिम्ब— चमकीली छाँहों में काँपती हुई परछाइयाँ।

पृष्ठ 47
भ्रमरदूत— संवाद ले जाने का काम करनेवाला भौंरा। यह भी कवियों के दिमाग की उपज है।
मधु— वसन्त।

दृगमणि— आँखों की पुतलियाँ।
शंकाश्याम— संशय के कारण काले पड़े हुए।
स्वेद-सिक्त— पसीने से तर-ब-तर।
स्पंदन-शून्य— निश्चेष्ट।

पृष्ठ 48
बीजने— पंखे की तरह झलने।
मंदाकिनी...— आकाश-गंगा के जलकणों के बार-बार दिए जानेवाले छींटे।
कुबेर-अधिवासित— कुबेर द्वारा आबाद।
मधुपान— मदिरापान।
पत्र-पुटों में— दोनों में भरकर।
मकरंद— पुष्पों का रस।
संशय-कीट— सन्देह का कीड़ा।

पृष्ठ 49
फेनिल— झागयुक्त।
खटरस फल...— अनेकानेक स्वादोंवाले फल। पहाड़ों और आरण्यक अंचलों में मदिरापान के समय नाना प्रकार के छोटे-बड़े जंगली फल सामने रख लिये जाते हैं, जिससे मदिरा का स्वाद रोचक बना रहे।
पत्र-चषक— पत्तों के बने हुए दोने।
क्लान्तिहरण— श्रम-हरण।
मधु-माधव— वसन्त

पृष्ठ 50
कन्दर्प— कामदेव।
भृकुटि सुरेखित— लकीरों जैसी भौंहोंवाली।
आयत— विशाल।
पक्ष्मल— बड़ी-बड़ी पलकोंवाली।
परिपंखित— पंखों से घिरी हुई।
कंबुग्रीव— शंख जैसी सुडौल गर्दन।
कुंचितशीति— घुँघराले और काले।
निराभरण— आभूषणशून्य।
समान्तराल— समान अन्तर पर।
अरुणाभ— ललाई लिये हुए।

पृष्ठ 51
आकल्प— युगान्त तक।
वरनारि— श्रेष्ठ नारी; उत्तम नारी।
जरठ— शुष्क; नीरस; खूसट।

पृष्ठ 52
देवाधिदेव— सबसे बड़े देवता।
सर्वेश— सबके ईश्वर।
दरवेश— फकीर।

पृष्ठ 54
महारुद्र— जगत् की सृष्टि करते समय ब्रह्मा की भौंहों के बीच से क्रोध रूप से रुद्रदेव की सृष्टि हुई थी। पुराणों में इनकी संख्या 11 मानी गई है। महारुद्र अर्थात् रुद्रों में श्रेष्ठ भगवान् शंकर।
अर्पित आप्राण— हृदय से समर्पित।

पृष्ठ 55
घुँघची गुच्छ— शंखनुमा छोटे-छोटे घोंघे, जिनका गुच्छा अब आदिवासी गहनों के तौर पर इस्तेमाल करते हैं।
विविध धातु द्रव अनुलेपित तन— शरीर पर अनेक प्रकार के खनिजों यथा गेरू आदि के द्रवों का लेप किए हुए।
गणवेश— गणों के परिधान।

पृष्ठ 56
प्रमथ— शिवजी के मुख के फेन से प्रमथों की सृष्टि हुई। ये शिवजी के खेल-कूद और विहार में साथ देनेवाले आत्मीय गण हैं। विचित्र आभरणों से अलंकृत। जटा-जूट और अर्ध-चन्द्र धारण किये हुए। शिव की समाधि में किसी प्रकार की अड़चन न पड़ने पाए, इसकी चौकसी रखना प्रमथ-गण का प्रमुख कर्तव्य प्रतीत होता है। प्रमथों को हास्य रस के अधिष्ठाता भी बतलाया गया है।
भावांतर— अन्य भाव।

रुद्राक्ष—एक पहाड़ी फल का बीज, जिसकी माला धारण करना बहुत कल्याणकर माना गया है। शिव-भक्तों को यह बेहद प्रिय है।

कमठपीठ—कछुए की पीठ।

पृष्ठ 57

मृदंग—पक्की मिट्टी से बना हुआ एक प्रकार का बाजा, जो ढोलक से कुछ लंबा होता है। कहा जाता है कि त्रिपुरासुर के मरने पर उसके रक्त से पृथ्वी पर जो कीचड़ हो गया था, उसी से ब्रह्मा ने मृदंग बनाया और उसी असुर के चमड़े से वह मढ़ा गया। द्वापर में कृष्णलीला के समय से वह काठ का बनाया जाने लगा।

मृदुमन—कोमल मनवाली।

स्मरशरबिद्ध—कामदेव के बाणों से घायल।

पृष्ठ 58

देवदारु—हिमालय पर छह हजार से नौ हजार फीट तक की ऊँचाई पर उगनेवाला एक वृक्ष, जो 80 गज तक सीधा ऊँचा चला जाता है। इसकी पत्तियाँ पतली और नुकीली होती हैं और इसका घेरा ऊपर से नीचे तक ढलुआँ होता है। इसकी लकड़ी सुन्दर, हल्की, सुगंधित और गेहुँए रंग की सफेद होती है। इसमें घुन या कीड़े नहीं लगते। हिमांचलीय वृक्षों में यह सर्वाधिक पवित्र माना जाता है।

निस्पंद—चेष्टाशून्य; चित्तवृत्ति को निरुद्ध कर लेने पर पैदा होनेवाली निष्कंप शारीरिक स्थिति।

अचपल...—आँखों की स्थिर पुतलियाँ नाक की नोक पर टिकी हों, ऐसी स्थितिवाला।

थिरमूल—स्थिर मूलवाला; जिसका मूलाधार स्थिर हो।

उत्तान—उलटे तने हुए, ऊपर की ओर।

शुचि—पवित्र; निर्मल।

राजीव—कमल।

अभिसूत्रित—सूत्रों में गुम्फित; अभिमंत्रित।

मौलिमाल...—जटाजूट में लपेटकर लाड़ में रखे गए तरुण सर्प।

केयूर—बाँहों का आभूषण।

वलय—कंगन (पुरुष के भी और स्त्री के भी)।

नागेन्द्र—नागराज।

तक्षक—आठ नागों में से एक। इसका जन्म कश्यप और कद्रु के गर्भ से हुआ था। यह खांडव वन में रहता था और इसने ही शृंगी ऋषि का शाप सफल करने के लिए राजा परीक्षित को काट लिया था, जिससे क्रुद्ध होकर जनमेजय ने सर्प-यज्ञ किया था। यज्ञ का समाचार सुनकर तक्षक ने इन्द्र की शरण ली और वासुकी ने यज्ञ रोकने के लिए आस्तीक को भेजा। राजा जनमेजय ने तक्षक को इन्द्र का शरणागत जानकर ऋत्विजों से कहा कि तक्षक के साथ इन्द्र की आहुति कर डालिए। फलतः 'इन्द्राय तक्षकाय स्वाहा' कहते ही तक्षक के साथ इन्द्र भी अग्नि की ओर आकृष्ट हो गए। तब इन्द्र ने डरकर तक्षक को छोड़ दिया जो अग्नि की ओर गिरने लगा। इसी समय आस्तीक ने अपनी आन देकर महाराज जनमेजय से सर्प-यज्ञ बन्द करने की भिक्षा माँगी। आठ प्रधान नाग हैं—अनन्त, वासुकि, पद्म, महापद्म, तक्षक, कर्कोटक, शंख और शेष।

अंगुलिभूषण—अँगुली का आभूषण; अँगूठी।

शिशुनाग—सपोले; साँप के बच्चे।

वासुकि—नागों का राजा; आठ प्रधान नागों में से एक।

अगोर—रखवाली।

पारद—पारा।

दीपित—चमकती; जगमगाती।

सुरसरिधार—गंगा की धारा।

पृष्ठ 59

कर्पूरोज्ज्वल—कपूर-जैसा श्वेत।

मन्मथ—कामदेव।

पुलकोद्गम— रोमांच।
प्रस्वेद— पसीना।
मतिशून्य— किंकर्तव्यविमूढ़; उद्भ्रान्त।
श्लथ-कम्पित— शिथिल एवं कम्पनमय।
संकोच-विलास— लज्जा की भंगिमा।

पृष्ठ 60
अनुपल— प्रतिक्षण।
प्राणदा— जीवनदायिनी।
इंगितगर्भी— संकेतपूर्ण।
श्रुतिसंपुट— कानों की कटोरियाँ।
कमलाक्ष— कमल के सूखे बीजों (कमलगट्टों) की माला। जप के लिए यह बहुत पवित्र मानी जाती है।

पृष्ठ 61
कोरक-गुच्छ— कलियों के गुच्छे।
नन्दी— शिवजी के गणों में से एक।
सफल-मनोरथ— पूर्णकाम।

पृष्ठ 62
साश्चर्य— आश्चर्य सहित; विस्मयपूर्ण।
यातुधान— जादूगर।
वैतालिक— ऐन्द्रजालिक; कर्तब दिखानेवाले।
संधानो— निशाना साधो।

पृष्ठ 63
प्रत्यंचा— धनुष की डोरी।
आश्वस्त— आश्वासन से भरी हुई; सन्तुष्ट।
फड़क-फड़क...— महिलाओं की दाईं आँख का फड़कना अशुभ माना जाता है।

पृष्ठ 64
चंपकद्युति-तन— चंपा की-सी देह-शोभा वाली।
रक्तांशुक-परिधान— लाल रेशम के वस्त्र।
मेखला— करधनी; कमर का आभूषण।
चौंर— चँवर; चमर या चमरी गायों की एक नस्ल होती है। हिमालय के बर्फीले अंचलों में यह पशु अपने गाढ़े दूध, गर्म खाल आदि के लिए बहुत महत्त्व का स्थान रखता है। इसी पशु की पूँछों से चँवर बनते हैं।

पृष्ठ 65
निर्वीचि— तरंगहीन; स्थिर शान्त जल।
कैलास— मध्य हिमाचल का वह शिखर प्रदेश जो बाईस हजार फीट से ऊपर है। इसकी प्रसिद्धि शिव का निवास होने के कारण विशेष मानी गई है। सिंधु, सतलुज और ब्रह्मपुत्र जिन ऊँची पहाड़ियों से निकलते हैं, वह विशाल दायरा कैलास-शिखरों का ही दायरा है। सम्प्रति इस पर चीन का अधिकार है।
निराकुल— स्वस्थ; अचंचल।
अनुबिम्ब— गोलाकार परछाईं।

पृष्ठ 66
अहमक— ज्ञानशून्य; मूर्ख।

पृष्ठ 67
निकेत— गृह; छत और प्राचीरों से घिरा हुआ धूप, हवा, बरसात आदि से बचानेवाला। यहाँ लेकिन निकेत से कुंज अभिप्रेत है।
खर्वाकृति— बौने आकार का; धनुष चलाते समय शरीर की मुद्रा झुक जाती है। खर्वाकृति से यहाँ यही अभिप्राय है।
नयन-कृशानु— आँख से निकलनेवाली प्रचंड आग।
भस्म-प्रतिमान— भस्म की प्रतिमा-जैसा दिखाई पड़नेवाला (भस्म हो जाने के बाद)।
नर-विग्रह— पुरुष शरीर।
संज्ञा-शून्य— प्राणहीन।

पृष्ठ 68
विसुध— बेहोश।
कदली-स्तम्भ— केले का थम्भ। पतली, सुन्दरी किशोरी या युवती के शरीर की उपमा के तौर पर हमारे साहित्य में इसकी बार-बार चर्चा आई है।

भूलुंठित—जमींदोज।

पृष्ठ 69

बीभत्स—भद्दा; घिनौना; विकृतियों और विरूपताओं का पुंज। भारतीय साहित्यालोचन में 'बीभत्स' अन्यतम रस है।

वक्षोज—स्तन; कुच।

उपालम्भ—उलाहना।

पृष्ठ 70

बालम—वल्लभ, प्रिय।

उछाह—उत्साह।

धनुर्धर—धनुष धारण करनेवाला।

शर-संधान—तीर का निशाना।

अन्तर्धान—लुप्त, तिरोहित, अदृश्य।

कुसुम-सुकोमल...—ऐसा प्रतिद्वन्द्वी जो फूलों से बढ़कर मुलायम था।

पृष्ठ 71

नियतिविधान—भाग्यलेख।

निरवधि—काल-सीमा से रहित।

कठजीव—जो मरकर भी न मरे; जिसके बारे में लगे कि इसके प्राण तो कभी निकलेंगे ही नहीं।

अपकीर्ति—कलंक, बदनामी।

पृष्ठ 72

दुर्वारित—जो न रोका जा सका हो।

बांधवी—सखी, बन्धु की पत्नी।

माधव—वसन्त।

पृष्ठ 73

सहकार—आम का कलमी पौधा।

उदग्र—ऊपर की ओर उठी हुई।

गंधकषायित—गंध से कसैले।

अरुण हरितप्रभ—लाल-हरी आभावाली।

स्मृतिभ्रंश—एक बीमारी जिसमें स्मृतिशक्ति लुप्त हो जाती है।

पक्षाघात—लकवा, फालिज, अपंगपन।

जन्मान्तर—दूसरा जन्म, अन्य जन्म।

पृष्ठ 74

भस्मांकुर—भस्म हो जाने पर जो अंकुर की तरह फूट पड़े।

अनंग—शरीरहीन, मनोज (मन के अन्दर अंकुरित होनेवाला)।

अतनु—अगोचर, आकारहीन, दिव्य।

तिमिर-पुत्रियों का—कृष्णपक्ष की काली रातों का।

सतर्क—सावधान।

जिजीविषा—जीने की दुर्दमनीय लालसा।

उत्स—स्रोत का उद्गम स्थान।

मोदविमूढ़—खुशी के मारे बेसुध।

समदर्दी—समान पीड़ावाले।

हिमशीकर—बर्फ की कड़ियाँ।

पृष्ठ 75

निभृत कक्ष—निर्जन कमरा।

गुफागर्भगत—खोह के अन्दर स्थित।

तपोनिरत—तपस्या में निमग्न।